MW00815381

Les Parisiens comme ils sont

Balzac

présenté par
JÉRÔME GARCIN

Les Parisiens comme ils sont

GF

Les notes sont de l'éditeur.

© Flammarion, Paris, 2014
ISBN : 978-2-0813-3904-0

« Cher Honoré de Balzac »

par
JÉRÔME GARCIN

De : jgarcin@nouvelobs.com
À : honoredebalzac@free.fr
Objet : Les Parisiens comme ils sont
Envoyé : mer. 23/07/2014 18:15

Cher Honoré de Balzac,

Quel bonheur de vous retrouver enfin. Vous nous manquiez. Ces temps derniers, je vous trouvais bien silencieux, et d'un silence, comment dire ?, tombal. Je pensais, suis-je naïf, que vous aviez cessé d'écrire depuis votre cinquante et unième anniversaire. Lors de notre ultime dîner, au restaurant Véfour du Palais-Royal, où j'avais tant peiné à vous suivre – ce soir-là, vous aviez avalé une centaine d'huîtres, des rillettes de Tours, un bouillon d'escargots et de cuisses de grenouilles, douze côtelettes de pré-salé, un caneton aux navets, une paire de perdreaux rôtis, une sole normande, une douzaine de « *poires de doyenneté* », et arrosé ce festin ordinaire de quatre bouteilles de muscadet frais –, vous m'aviez confié votre double envie de perdre du poids et de vous retirer du monde. Trop de graisse, trop de pages, trop de dettes, trop de trop. Dans tous les cas, vous vouliez vous alléger.

Et puis les années ont passé, sans que vous donniez signe de vie, sans que paraisse un nouveau Balzac. À en croire la rumeur, vous aviez choisi de vous raser la moustache, de manger bio, de vous exiler et de nous oublier en Ukraine en compagnie de Mme Hanska. En Ukraine, a-t-on idée ! J'avais fini par mettre votre éloignement sur le compte d'une fatigue légitime et d'une mélancolie prévisible. C'est que vous avez tant donné, tant publié, tant digéré, tant régurgité et tant spéculé. On ne se dépense pas si tôt et si fort sans en payer un jour le prix. Les forçats font le plus souvent de jeunes morts. Cela ajoute à leur prestige et à nos regrets. Vous m'avez toujours confié que vous ne vouliez pas passer la soixantaine. « *Un vieillard, répétiez-vous, est un homme qui a dîné, et qui regarde ceux qui arrivent en faire autant.* »

Je me disais aussi : ce cher Balzac a réalisé son rêve d'une Comédie humaine *dont nul*, *avant lui, n'avait seulement imaginé l'immense architecture, il a écrit des romans, des pièces de théâtre et d'innombrables chroniques, il a connu le succès, il a vu son œuvre rassemblée en seize gros volumes de la Pléiade dorés à l'or fin, pourquoi en ajouterait-il ? Il a également joué à l'homme d'affaires, tenté sa chance et perdu ses économies dans l'édition, l'imprimerie, la fonderie de caractères, les mines d'argent et les chemins de fer, pourquoi provoquer d'autres faillites ? Et puis, loin de la capitale dont il connaît trop bien les secrets et dont les notables l'insupportent si fort, pourquoi ce bon vivant n'en profiterait-il pas enfin, réduisant sa consommation de café et augmentant ses heures de sommeil ? Cela me chagrinait, évidemment, mais je vous comprenais et même vous jalousais un peu.*

Et puis j'ai reçu, au courrier, les épreuves de votre nouveau livre, que m'ont envoyées les Éditions Flammarion, présidées par la plus alexandrine des Parisiennes, la plus balzacienne des Italiennes. (J'en publierais volontiers les bonnes feuilles, si vous en êtes d'accord, quoi que vous pensiez, cher vieux râleur, de la presse parisienne.) Ainsi donc, cher Honoré de Balzac, cher Honoré – puis-je ? –, vous n'aviez pas dis-

paru, vous faisiez seulement le mort, et vous le faisiez bien. Oh, je me doute bien que tout n'est pas neuf ici, que vous avez sans doute recyclé quelques articles confiés autrefois à des gazettes, que vous avez puisé un peu dans vos archives volumineuses, mais qu'importe : Les Parisiens comme ils sont *est un ouvrage non seulement délicieux, mais aussi très actuel. On jurerait que, d'un jet, vous l'avez composé ce matin. La ville y est telle qu'on y vit. Ses habitants, nous venons de les croiser. Ses modes vestimentaires, culinaires ou littéraires, nous en subissons chaque jour les séductions en même temps que les diktats. Quel nouvel observateur vous faites, cher Honoré ! Quel œil, quel pif, quelle main !*

Tenez, afin de vous lire à ciel ouvert – à la fois je me promenais et je vous aérais –, je me suis assis, dimanche dernier, sur une chaise en métal vert, près de la fontaine Médicis et de sa belle Galatée. Or, j'eus bien du mal à fixer mon attention, entre les quintes de toux de mes voisins bronchiteux et les ballons lancés haut par des gamins. Et voici que je tombe sur vos lignes courroucées : « Le Luxembourg est le rendez-vous de la vieillesse ennuyeuse et cacochyme et de l'enfance importune et criarde ; on n'y marche qu'entre des cannes et des bourrelets ;

c'est l'Élysée des goutteux, la patrie des nourrices ; autant vaudrait passer sa vie dans le
coche d'Auxerre que d'être déporté au Luxembourg ! » On ne saurait mieux dire.

Je me suis aussitôt levé pour terminer, chez
moi, votre portrait de Paris et des Parisiens. Je
suis rentré à pied, glissant sans me presser d'une
rive à l'autre. Il faisait beau et la ville était
vide, comme abandonnée. Vous parlez très bien
des dimanches : « le matin, il n'y a de mouvement que celui du départ pour les environs ;
le jour un silence monotone remplace le bruit
habituel, et, le soir, toutes les boutiques fermées,
les rues sombres et désertes attestent l'absence de
la plupart des habitants ». Drôle de façon
d'aimer sa ville, en effet, que de la négliger et
de la quitter dès les premiers rayons de soleil. À
croire que les Parisiens ne partent pour la campagne le week-end, où ils singent les paysans,
que pour mieux regretter la capitale et se hâter
d'y revenir.

Vous n'êtes guère tendre pour eux, cher
Honoré, cher indéfectible Tourangeau, mais
comment vous donner tort ? Vous écrivez que,
pour être heureux à Paris, il convient non seulement d'être riche, mais aussi égoïste. Il ne suffit
donc pas, selon vous, d'avoir de la fortune, il

s'agit surtout de la garder pour soi. « *On serait bien vite dépouillé, si l'on avait l'intention charitable de soulager tous les malheureux, dans cette bienheureuse ville de Paris, où l'on ne peut faire un pas sans être assailli par de misérables infirmes, faisant parade de leurs plaies ; par des mendiants ingambes, qui écorchent les oreilles du bruit de leurs chants ou de leurs instruments barbares ; par les industriels en plein vent qui échangent un paquet de cure-dents, ou vous donnent un coup de balai dans les jambes, contre une aumône, par les intrigants, qui soutirent par subterfuges, et par les voleurs patentés qui vous dérobent votre montre, pendant qu'ils vous avertissent complaisamment que vous allez perdre votre mouchoir.* » *Comme ils vous émeuvent, ces SDF, ces sans-papiers, ces mendiants, ces Roumains dont nos rues sont pleines, désormais, et comme vous les détestez, ceux qui font un pas de côté et que vous appelez les « richards ». Mais en feignant si bien de dénoncer la générosité, la solidarité, le désintéressement, en faisant mine de compatir avec les privilégiés, vous rendez mieux le caractère odieux de leur individualisme que si vous l'aviez condamné. Le plus drôle, c'est que les rois du CAC 40 vous prendront au pied de la lettre et croiront que vous légitimez à la fois leur appât du gain, leur pingrerie et leur superbe.*

C'est comme vos pages, hilarantes, sur « la femme de province ». (Vous préférez en effet utiliser ce mot vieilli du XIXe siècle, le terme moderne de région nuirait à votre démonstration par l'absurde, je reconnais bien là votre habileté rhétorique.) Je gage que les Parisiens — tout ce qu'il y a de plus hype et de plus méprisant — vont en raffoler et les tweeter à la ronde. Vous allez devenir la coqueluche des réseaux sociaux. Car si Balzac le dit, alors on peut se lâcher, soutenir par exemple que la province est ringarde et que ses femmes, dans la toilette desquelles « l'utile a toujours le pas sur l'agréable », sont des tocardes. Les dandys ridicules de Saint-Germain vont se tordre en vous lisant : en province, « les robes sont flasques, les yeux sont froids, la plaisanterie y est [...] presque toujours arriérée ». La femme « s'ennuie, elle a l'habitude de s'ennuyer, mais elle ne l'avouera jamais [...]. Elle a des rides dix ans avant le temps fixé par les ordonnances du Code féminin, elle se couperose également plus promptement, et jaunit comme un coing quand elle doit jaunir ; il y en a qui verdissent [...]. L'on se jette avec désespoir dans les confitures et dans les lessives [...]. On tracasse un piano inamovible qui sonne comme un chaudron au bout de la septième année et qui finit ses jours, asthmatique, à la campagne. On suit les offices, on est catholique en désespoir de cause. » Bref, les provinciales « sont moins femmes que les Parisiennes ». J'oubliais : elles sont forcément les épouses de maris stupides, mesquins et vulgaires, puisque « les gens de talent, les artistes, les hommes supérieurs, tout coq à plumes éclatantes s'envole à Paris ». Ou, mieux encore, à Londres, sacrée par vous « capitale des boutiques et des spéculations ». Je sais que vous n'en pensez pas un mot, vous qui avez, semble-t-il, trouvé la tranquillité et la solitude du côté de Kiev ou de Saché, mais j'admire la manière dont, avec le plus grand sérieux, vous déclinez tous les préjugés dont les Parisiens et surtout les Parisiennes accablent les habitants de nos régions pour mieux donner l'illusion qu'ils leur sont supérieurs et qu'ils ont le monopole du bon goût, de l'esprit, des élégances, des modes.

Parlons-en, des modes. Aucune ne vous échappe. Auriez-vous, cher Honoré, des informateurs secrets à Vanity Fair ou à GQ ? L'art avec lequel vous les stigmatisez est aussi une manière de répondre, par le sourire, aux mar-

quis et aux ducs qui, dans les salons, vous traitent volontiers de pataud, de lourdaud, de campagnard, voire de bouseux. Je ne vais pas pousser le ridicule jusqu'à établir, devant vous, la liste de toutes les tendances que vous avez répertoriées récemment et que vous exposez avec flegme dans le but, j'imagine, de les ridiculiser davantage, mais sachez que je partage la plupart de vos relevés et de vos analyses.

Vous remarquez ainsi que, pour asseoir son statut social, on voulait être naguère colonel et qu'on veut désormais être écrivain : « Aujourd'hui, un homme qui ne fait pas un livre est un impuissant. » Politiques, médecins, sportifs, chanteurs, chacun y va en effet de son volume de poncifs, de son recueil de « niaiseries », de son vade-mecum mondain, tous ajoutant au surpoids dont souffre la librairie (« Cinquante volumes prétendus nouveaux chaque semaine », assurez-vous, mais vous êtes bien en dessous du chiffre réel !). Pour s'y faire une petite place, les auteurs tentent de se faire remarquer en priant leurs copains de sortir les tambours et les trompettes — ce que vous appelez si justement « l'institution de l'encensement mutuel ». Reste que la meilleure façon d'alpaguer le chaland est encore de signer un ouvrage quand on a moins de vingt ans. Car la mode est au jeunisme. Le dernier cri, c'est l'acné. On donne du génie aux adolescents. Le public, dites-vous, réclame des fruits verts. « Un jeune homme à peine débarrassé des langues universitaires, une jeune fille qui n'a pas encore fait sa première communion sont presque certains de captiver l'attention du public. » Dans ce culte de la prétendue fraîcheur, vous avez bien raison de voir plutôt un signe flagrant de « décrépitude » — ça rime avec « branchitude ».

On peut toujours compter sur vous, cher Honoré, pour épingler les fantaisies des Parisiens « fashionables » (le mot est de vous). J'en cite une, particulièrement éloquente : la suppression du déjeuner, qui « fait reporter sur le dîner toute la responsabilité de la nutrition. Fatal système, qui ne tend à rien de moins qu'à multiplier les victimes de l'apoplexie, décimer plus promptement les oncles, les grands-parents, et à rendre la société moins spirituelle ». Mais voilà : ne pas déjeuner, c'est l'assurance d'être promis à un bel avenir. Car « l'ambitieux mange peu, le savant est sobre, et l'homme à sentiment a l'obésité en horreur ». Seuls les bedeaux, les cochers et les spectateurs du parterre se goinfrent, à midi, de pâté de foies gras, de rognons au vin *et de pieds truffés. Le succès vient aux seuls maigres et à ceux qui se flattent de mépriser la bonne cuisine. Pour nourrir ces derniers, les chefs – qui, aujourd'hui, gouvernent plus les téléspectateurs que leur brigade – doivent dorénavant rivaliser d'astuces. « Ce dédain des jouissances gastronomiques, écrivez-vous, fera nécessairement faire un pas gigantesque à la cuisine française : il s'agira pour elle de mettre le plus de substance possible sous la plus petite forme, de déguiser l'aliment, de donner d'autres formules à nos repas, de fluidifier les filets de bœuf, de concentrer le principe nutritif dans une cuillerée de soupe, et de remplacer l'intérêt d'un* suprême *par des intérêts plus puissants… C'est un progrès. Attendons l'avenir. » La prochaine fois, cher Honoré, je vous inviterai à goûter la cuisine moléculaire de Marc Veyrat ou de Thierry Marx, à oser le blue lagoon écumeux, la gelée d'agar-agar, la mousse de mozzarella volcanique, les billes de gaspacho, les sucettes de veau, les émulsions de comté, les spaghettis de chocolat, les cachous de fraise, la gelée de brioche, et vous constaterez que l'avenir, c'est maintenant.*

À propos de la table, il ne vous a pas échappé – vous voyez tout – que l'eau est en passe de remplacer le vin ; que le café au lait, cette « mixtion populacière », n'a plus la cote (on lui préfère le thé, qui est « de très bon goût ») ; que la santé exige « des légumes, des œufs, des herbes, des fruits, du riz, des muffins » ; que le champagne est « de mauvais ton jusqu'à sept heures du soir », raffiné après ; et que les fumeurs dérangent. À vous lire, il faudrait même les « parquer ». Je vous rassure, c'est déjà fait. N'oubliez pas, dans la prochaine édition des Parisiens comme ils sont, d'y mentionner la vogue croissante de la cigarette électronique. Elle a le mérite de vous épargner « le nuage empesté des insolents tabacolâtres ». Vous allez même jusqu'à soutenir qu'un homme tirant sur sa pipe ou son cigare dans la rue « abuse de la liberté individuelle ». Vous êtes vraiment dans l'air du temps.

Cher Honoré, je ne voudrais pas troubler davantage votre retraite avec mon assommant enthousiasme. Vous avez bien compris, c'est l'essentiel, pourquoi votre livre m'enchante. Chez le centaure, on ne sait jamais où s'arrête le cavalier et où commence le cheval. De même, on ne saurait établir où, chez vous, le journaliste cède la plume à l'écrivain. (Je dis « la plume » pour l'image, car je vous sais fervent *adepte du traitement de texte.) Cette confusion rend votre prose plus corrosive, et votre talent plus mystérieux encore.*

Un dernier mot, dans ce trop long mail : malgré la justesse de vos observations, qui font de vous notre contemporain capital, vous avouerai-je que j'en aime aussi la discrète mélancolie, l'indéfinissable désuétude, les métaphores d'antiquaire ? Votre manière de glisser, l'air de rien, que, en 2014, vous regrettez toujours les piliers des Halles, la disparition des attelages et des « somptueux équipages », l'éradication méthodique des lierres, du lichen et des mousses sur nos boulevards et nos façades, la fréquentation coquine des danseuses de l'Opéra et des grisettes, la mise au chômage forcé des ravaudeuses, des marchands d'encre et des allumeurs de réverbères, tout cela laisse joliment accroire que vous auriez connu le Paris d'avant Haussmann, la France de la monarchie de Juillet, le règne de Louis-Philippe, que vous auriez même vu mourir Talleyrand, que vous auriez applaudi La Fille de Mme Angot *avant de connaître Christine Angot, et cela confère à votre texte un supplément d'émotion, un je-ne-sais-quoi d'enfantin, un sentiment diffus de nostalgie, laquelle n'est pourtant guère tendance. Je veux, pour ma part, y voir la preuve que, telle notre ville, vous êtes éternel.*

Croyez donc, cher Honoré, à toute mon admiration et à ma fidèle amitié,

Jérôme Garcin

P.-S. Pourriez-vous, s'il vous plaît, me redonner votre numéro de portable, que j'ai égaré ? J'ai bien essayé de vous joindre sur le fixe : Balzac 00 01, mais on m'assure que le numéro n'est plus attribué depuis la mort d'un certain Jean Mineur.

Les Parisiens comme ils Sont

Paris en 1831

Le paradis des femmes,
Le purgatoire des hommes,
L'enfer des chevaux.

....

PAYS DES CONTRASTES, centre de boues, de crotte et de merveilles, du mérite et des médiocrités, de l'opulence et de la misère, du charlatanisme et des célébrités, du luxe et de l'indigence, des vertus et des vices, de la moralité et de la dépravation ;

Où les chiens, les singes et les chevaux sont mieux traités que les humains ;

Où l'on voit des hommes remplir les fonctions de chevaux, de singes et de chiens ;

Où certains citoyens seraient bons ministres, et où certains ministres sont mauvais citoyens ;

Où l'on va le plus au théâtre, et où l'on dit le plus de mal des comédiens ;

Où il y a des gens raisonnables et d'autres qui se brûlent la cervelle ou vont en ballon ;

Où les républicains sont plus mécontents depuis qu'ils ont la meilleure des républiques ;

Où il y a le moins de mœurs et le plus de moralistes ;

Où il y a le plus de peintres et le moins de bons tableaux ;

Où partout il y a des remèdes à tous maux, des médecins fort habiles, et cependant le plus de malades ;

Où il y a plus de carlistes que lorsque le souverain s'appelait Charles X ;

Où il y a plus d'étrangers et de provinciaux que de Parisiens ;

Où il y a le plus de religion, et où les églises sont vides ;

Où il y a plus de journaux que d'abonnés ;

Où l'on voit encore, sur plusieurs monuments, un coq, un aigle et une fleur de lys ;

Où il y a la meilleure police du monde et le plus de vols ;

Le plus de philanthropes, de bureaux de charité, d'hospices, et cependant le plus de malheureux !

Paris est un sujet d'envie pour ceux qui ne l'ont jamais vu ; de bonheur ou de malheur (selon la fortune) pour ceux qui l'habitent, mais toujours de regrets pour ceux qui sont forcés de le quitter.

Aussi, Paris est-il le but de tous. Chacun y accourt, et chacun pour un motif particulier.

Le provincial oisif et opulent y vient pour respirer et prendre l'air du bon ton, en même temps que servir de dupe à l'exploitation de l'inexpérience départementale ;

L'étranger millionnaire, pour en voir les curiosités, en boire les vins délicieux, dîner aux Frères Provençaux, et savoir comment sont faits les souliers des danseuses de l'Opéra ;

L'étudiant, pour faire son droit en faisant les délices des grisettes ;

L'homme studieux, pour apprendre ;

Le talent, pour se faire admirer ;

L'ambitieux, pour parvenir ;

La jeune villageoise, pour se dégourdir ;

Le député, pour voter ;

Le filou supérieur, pour faire parler de lui ;

L'écrivain, pour se faire lire ;

Le lieutenant, pour devenir capitaine ;

La beauté, pour intriguer ;

Le génie, pour briller ;

L'homme à projets, pour exploiter ;

L'industriel, pour s'occuper ;

Tous y trouvent ce qu'ils étaient venus chercher, et c'est du choc de tous ces divers intérêts, c'est du contact de toutes ces sortes d'industries, de ces nombreux talents dans mille branches diverses, de toutes ces imaginations appliquées au travail, aux recherches, aux découvertes, que naissent cette activité, ce mouvement continuel de fabrication, ces prodiges de l'art et de la science, ces améliorations journalières, ces conceptions savantes et ingénieuses ; enfin ces admirables merveilles qui saisissent, étonnent, surprennent, captivent et font généralement considérer Paris comme sans égal dans l'Univers. Réceptacle général de toutes les créations étrangères, un hommage universel est un juste tribut payé à son opulence : aussi les productions animales, végétales, minérales, aquatiques et industrielles de toutes les parties du globe y arrivent-elles en poste pour satisfaire aux énormes besoins de sa consommation, et son luxe accapare, dévore et anéantit en un seul jour le fruit des travaux de plusieurs peuples, pendant nombre d'années.

Ce besoin continuel de tout ce qui approche et entoure, cette fréquence de rapports entre toutes les classes de la société, constitue cette aimable politesse qui caractérise les Parisiens et contribue au maintien de la cordiale familiarité qui existe entre tous les habitants de la grande ville, sans distinction de rangs ni de conditions, même les jours où ils ne s'embrassent pas réciproquement dans les rues, comme en 1811, en 1815 et en 1830. Tous sont confondus également dans la foule : chacun s'en distingue ensuite par ses fonctions, son talent ou sa fortune. Mais au milieu du rapide tourbillon de la vie sociale qui les entraîne ensemble au plaisir ou aux affaires qui les réunissent et les rassemblent, il n'existe point de différence humiliante pour celui qui n'a ni titre, ni fortune. Tous les hommes sont égaux. Malheur à celui qui, ébloui par sa position, manquerait envers un inférieur aux règles de la politesse établies pour tous ! La provocation légale de l'offensé l'obligerait bientôt à une éclatante réparation, et si la lâcheté l'empêchait d'y satisfaire, ni son rang, fût-il le premier, ni sa fortune, fût-elle considérable, ne pourraient le mettre à l'abri du mépris.

À Paris, séjour de la cour, des richards et des grandeurs, où l'on sacrifie tout au présent, les titres ne sont rien pour la foule ; le mérite, peu de chose, et l'argent, *tout* ! C'est la meilleure recommandation et la plus sûre prérogative ; il équivaut au talent, au génie et à la considération ; il n'efface aucune de ces qualités, il est vrai, mais il procure les mêmes résultats, et c'est ce qui fait le délice du riche qui ne s'inquiète point d'où lui vient le bonheur qu'il achète. Voilà la première condition pour être heureux dans la capitale du monde ; et la seconde, que du reste on y observe religieusement, c'est l'égoïsme. En effet, il est tout à fait indispensable au Parisien dont il est le sauf-conduit ; car, eût-on tous les trésors du Pérou, on serait bien vite dépouillé, si l'on avait l'intention charitable de soulager tous les malheureux, dans cette bienheureuse ville de Paris, où l'on ne peut faire un pas sans être assailli par de misérables infirmes, faisant parade de leurs plaies ; par des mendiants ingambes, qui écorchent les oreilles du bruit de leurs chants ou de leurs instruments barbares ; par les industriels en plein vent qui échangent un paquet de cure-dents, ou vous donnent un coup de balai dans les jambes, contre une aumône, par les intrigants, qui soutirent par subterfuges, et par les voleurs patentés qui vous dérobent votre montre, pendant qu'ils vous avertissent complaisamment que vous allez perdre votre mouchoir.

De la Madeleine
à la Bastille

TOUTE CAPITALE A SON POÈME où elle s'exprime, où elle se résume, où elle est plus particulièrement elle-même. Les Boulevards sont aujourd'hui pour Paris ce que fut le Grand Canal à Venise, ce qu'est la Corsia dei Servi à Milan, le Corso à Rome, la Perspective à Pétersbourg (imitation des Boulevards), sous les Tilleuls à Berlin, le Bois de la Haye en Hollande, Regent-Street à Londres, le Graben à Vienne, la porte du Soleil à Madrid. De tous ces cœurs de cités, nul n'est comparable aux Boulevards de Paris. Le Graben, à peine long comme le plus petit de nos Boulevards, ressemble à une bourgeoise endimanchée. Sous les Tilleuls est aussi morne que le boulevard du Pont-aux-Choux ; il a l'air d'un mail de province, et commence par des hôtels qui ressemblent à des prisons d'État. La Perspective ne ressemble à nos Boulevards que comme le strass ressemble au diamant ; il y manque ce vivifiant soleil de l'âme, la liberté... de se moquer de tout, qui distingue les flâneurs parisiens. Les usages du pays empêchent d'y causer trois ou de s'attrouper à la moindre cheminée qui fume trop. Enfin, le soir, si beau, si agaçant à Paris, fait faillite à la Perspective ; mais les édifices y sont étranges, et, si l'Art ne doit pas se préoccuper de la matière employée, un écrivain impartial avouera que la décoration architecturale peut, en certains endroits, disputer la palme aux Boulevards.

Mais toujours des uniformes, des plumes de coq et des manteaux ! mais pas un groupe où se fasse le petit journal ! mais rien d'imprévu, ni filles de joie ni joie ! Les guenilles du peuple y sont sans variété. Le peuple, c'est toujours la même peau de mouton qui marche. À Regent-Street aussi, toujours le même Anglais et le même habit noir, ou le même makintosh ! À Pétersbourg, le rire se fige sur les lèvres ; mais, à Londres, l'ennui les ouvre incessamment de la façon la moins agréable. Entre Londres et Pétersbourg, tout le monde préférera les glaces de la nature à celle des figures. À la Perspective, il n'y a qu'un czar ; à Londres, autant de lords autant de czars ; c'est trop. Le Grand Canal est un cadavre, le Bois de la Haye n'est qu'une vaste guinguette de riches, et la Corsia dei Servi, n'en déplaise à l'Autriche, est meublée de trop d'espions pour être elle-même, tandis qu'à

Paris !… Oh ! à Paris, là est la liberté de l'intelligence, là est la vie ! une vie étrange et féconde,
une vie communicative, une vie chaude, une vie
de lézard et une vie de soleil, une vie artiste et
une vie amusante, une vie à contrastes. Le Boulevard, qui ne se ressemble jamais à lui-même,
ressent toutes les secousses de Paris : il a ses
heures de mélancolie et ses heures de gaieté, ses
heures désertes et ses heures tumultueuses, ses
heures chastes et ses heures honteuses. À sept
heures du matin, pas un pied n'y fait retentir la
dalle, pas un roulis de voiture n'y agace le pavé.
Le Boulevard s'éveille tout au plus à huit heures
au bruit de quelques cabriolets, sous la pesante
démarche de rares porteurs chargés, aux cris de
quelques ouvriers en blouse allant à leurs chan-
tiers. Pas une persienne ne bouge, les boutiques
sont fermées comme des huîtres. C'est un spectacle inconnu de bien des Parisiens, qui croient le
Boulevard toujours paré, de même qu'ils croient,
ainsi que le croit leur critique favori, les homards
nés rouges. À neuf heures, le Boulevard se lave
les pieds sur toute la ligne, ses boutiques ouvrent
les yeux en montrant un affreux désordre intérieur. Quelques moments après, il est affairé
comme une grisette, quelques paletots intrigants
sillonnent ses trottoirs. Vers onze heures, les cabriolets courent aux procès, aux payements, aux
avoués, aux notaires, voiturant des faillites en

bourgeon, des quarts d'agent de change, des trans-actions, des intrigues à figures pensives, des bonheurs endormis à redingotes boutonnées, des tailleurs, des chemisiers, enfin le monde matinal et affairé de Paris. Le Boulevard a faim vers midi, on y déjeune, les boursiers arrivent. Enfin, de deux heures à cinq heures, sa vie atteint à l'apogée, il donne sa grande représentation GRATIS. Ses trois mille boutiques scintillent, et le grand poème de l'étalage chante ses strophes de couleurs depuis la Madeleine jusqu'à la porte Saint-Denis. Artistes sans le savoir, les passants vous jouent le chœur de la tragédie antique : ils rient, ils aiment, ils pleurent, ils sourient, ils songent creux ! Ils vont comme des ombres ou comme des feux follets !… On ne fait pas deux boulevards sans rencontrer un ami ou un ennemi, un original qui prête à rire ou à penser, un pauvre qui cherche un sou, un vaudevilliste qui cherche un sujet, aussi indigents mais plus riches l'un que l'autre. C'est là qu'on observe la comédie de l'habit. Autant d'hommes, autant d'habits différents ; et autant d'habits, autant de caractères ! Par les belles journées, les femmes se montrent, mais sans toilette. Les toilettes, aujourd'hui, vont dans l'avenue des Champs-Élysées ou au Bois. Les femmes comme il faut qui se promènent sur les boulevards n'ont que des fantaisies à contenter, s'amusent à marchander ; elles passent vite et sans reconnaître personne.

La vie de Paris, sa physionomie, a été, en 1500, rue Saint-Antoine ; en 1600, à la place Royale ; en 1700, au Pont-Neuf ; en 1800, au Palais-Royal. Tous ces endroits ont été tour à tour les Boulevards ! La terre a été passionnée là, comme l'asphalte l'est aujourd'hui sous les pieds des boursiers, au perron de Tortoni. Enfin, le Boulevard a eu ses destinées lui-même. Le Boulevard ne fit pressentir ce qu'il serait un jour qu'en 1800. De la rue du Faubourg-du-Temple à la rue Charlot, où grouillait tout Paris, sa vie s'est transportée, en 1815, au boulevard du Panorama. En 1820, elle s'est fixée au boulevard dit de Gand, et, maintenant, elle tend à remonter de là vers la Madeleine. En 1860, le cœur de Paris sera de la rue de la Paix à la place de la Concorde. Ces déplacements de la vie parisienne s'expliquent. En 1500, la cour était au château des Tournelles, sous la protection de la Bastille. En 1600, l'aristocratie demeurait à la fameuse place Royale, chantée par Corneille, comme quelque jour on chantera les Boulevards.

La cour était alors tantôt à Saint-Germain, tantôt à Fontainebleau, tantôt à Blois ; le Louvre n'était pas le dernier mot de la royauté. Quand Louis XIV décida Versailles, le Pont-Neuf devint la grande artère par où toute la ville passa pour aller d'une rive à l'autre. En 1800, il n'y avait plus de centre, on cherchait l'amusement où il se faisait : les spectacles de Paris se trouvaient sur le boulevard du Temple ; le boulevard du Temple fut donc toute la ville, et Désaugiers le célébra par sa fameuse chanson. Les Boulevards n'étaient alors qu'une route royale de première classe qui menait au plaisir, car on sait ce que fut *Le Cadran Bleu* !... Les Bourbons, en 1815, ayant mis l'activité de la France à la Chambre, les Boulevards devinrent le grand chemin de toute la cité. Néanmoins, la splendeur du boulevard n'a monté vers son apogée qu'à partir de 1830 environ. Chose étrange, ce fut le côté nord qui eut la vogue ; les Parisiens s'obstinaient à ne passer que sur cette ligne. La ligne méridionale, sans passants, partant sans valeur, voyait ses boutiques, sans preneurs et sans chalands, livrées à des commerces sans luxe ni dignité. Cette bizarrerie avait encore sa cause : Paris vivait alors tout entier entre la ligne nord et les quais. En quinze ans, un second Paris s'est construit entre les collines de Montmartre et la ligne du Midi. Dès lors, les deux lignes ont rivalisé d'élégance et se sont disputé les promeneurs.

L'histoire du Boulevard, comme celle des empires, offre des commencements mesquins. Quel Parisien, s'il est quadragénaire, ne se souvient encore de la barbarie municipale qui laissa pendant si longtemps, à l'entrée de chaque boulevard, des poteaux dans lesquels se donnaient des femmes enceintes, des jeunes gens distraits dont les yeux occupés ne leur permettaient pas d'apercevoir ce poteau sur lequel on s'empalait l'abdomen ? Il n'y avait pas moins de mille accidents graves par an, et l'on en riait !... Le maintien barbare et stupide de ces poteaux, pendant trente ans, explique l'administration française, et surtout celle de la ville de Paris, la moins habile, la plus gaspilleuse et la moins imaginative de toutes. Les Boulevards furent un cloaque impraticable par les temps de pluie. Enfin, l'Auvergnat Chabrol entreprit son dallage mesquin en pierre de Volvic. Autre trait du caractère municipal ! On fit venir du fond de l'Auvergne des dalles volcaniques, poreuses, sans durée, quand la Seine pouvait amener du granit des côtes de l'Océan. Ce progrès fut salué par les Parisiens comme un bienfait, quoique le bienfait ne permît pas à trois personnes de se rencontrer.

Encore aujourd'hui, bien des améliorations sont attendues. La voie des Boulevards devrait être un asphalte égal, et ne pas être entremêlée de dalles et d'asphalte, car on pense aussi par les pieds à Paris, et ce changement dans le tillac cahote la tête. Le pavage de la chaussée devrait être établi richement, coquettement, dans le genre de l'essai fait rue Montmartre. Enfin, le terrain devrait être égalisé d'un bout à l'autre, et la porte Saint-Denis désobstruée. Mais les Boulevards ne seront dignes de Paris qu'après un changement radical dans les constructions riveraines, quand on pourra s'y promener à couvert aussi bien qu'à découvert, sans avoir à craindre ou la grillade ou la pluie. La reconstruction des maisons serait d'une cherté qui la rend impossible ; mais on obtiendrait d'excellents résultats par des balcons en saillie et continus. Et pourquoi ne ferait-on pas murmurer, au bas de chaque allée, un limpide ruisseau, de la place de la Concorde à la place de la Bastille ? Quels arbres, quelle végétation que celle des Boulevards aujourd'hui !... N'aurait-on élevé l'eau de la Seine au quai de Billy que pour la reverser dans la Seine au pont Louis-XVI, en la faisant passer par des corps de sirènes ? Ce serait un enfantillage ou un mythe. Tels qu'ils sont néanmoins, en aucun temps, chez aucune nation, il n'a existé de points de vue, ni de promenades, ni de spectacles, pareils à ceux que présentent les Boulevards depuis le pont d'Austerlitz, au bout duquel est le Jardin des Plantes, jusqu'à la Madeleine, au bout de laquelle sont la place de la Concorde et les Champs-Élysées.

Maintenant, prenons notre vol comme si nous étions en omnibus, et suivons ce fleuve, cette seconde Seine sèche ; étudions-en la physionomie…

De la Madeleine à la rue Caumartin, on ne flâne pas. C'est un passage dominé par notre imitation du Parthénon, grande et belle chose, quoi qu'on dise, mais gâtée par les infâmes sculptures de café qui déshonorent les frises latérales. La rue parallèle au Boulevard, du côté du midi, éloigne les passants des boutiques, et les constructions sur la ligne gauche ne sont entreprises que depuis un an. Aussi le Boulevard, dans cette partie, attend-il ses destinées de l'avenir ; elles seront brillantes, surtout si l'on supprime la rue méridionale. Jusqu'à la transformation prochaine du ministère des Affaires étrangères en maisons à boutiques, toute cette zone est sacrifiée. On y passe, on ne s'y promène pas. Cette partie est sans animation, quoique le passant soit généralement bien mis, élégant et riche. C'est le passage le plus dangereux : cinq rues y débouchent. C'est le passage le plus glissant : le ministère des Affaires étrangères est là. Voilà peut-être la raison qui fait que personne ne reste sur ce boulevard ; la politique déteint sur la locomotion ; mais on va supprimer la politique. Tant que la rue Basse-du-Rempart, la dernière des rues basses, existera, ce boulevard n'aura ni gaieté, ni caractère, ni flâneurs, ni vente conséquemment. Ô propriétaires, sachez semer les cent mille francs qui donnent les millions ! En cet endroit, le flâneur se sait trop vu ; le Parisien n'aime pas à ce que les maisons lui disent si insolemment qu'il est là pour les menus plaisirs des premiers étages.

La maison qui fait l'angle de la rue Caumartin est une des maisons les plus célèbres du XVIIIᵉ siècle ; mademoiselle Guimard l'habita jusqu'au moment d'aller occuper son hôtel de la Chaussée-d'Antin. On y voit encore les attributs de l'Opéra sculptés sur le pavillon arrondi qui fait l'angle de la rue. Ce sera démoli quelque jour, comme la maison de Lulli, située aussi à un angle, celui de la rue Neuve-des-Petits-Champs et de la rue Sainte-Anne, et où il a signé son nom par des sculptures parmi lesquelles se voit, sous forme de lyre, le violon qui fit sa fortune.

À la rue de la Paix, tout change, le passant abonde. Autrefois, le Boulevard finissait réellement là. Tout Paris débouchait par la rue de la Paix pour aller aux Tuileries. La rue de la Paix est la future antagoniste de la rue Richelieu, ce sera la rue Saint-Denis moderne. Dès que vous avez passé ce point, vous atteignez au cœur du Paris actuel, qui palpite entre la rue de la Chaussée-d'Antin et la rue du Faubourg-Montmartre. Là commencent ces édifices bizarres et merveilleux qui tous sont un conte fantastique ou quelques pages des *Mille et Une Nuits*. D'abord, le pavillon de Hanovre et la grande maison qui lui fait face, bâtie par Simon, pour ôter la vue des jardins au maréchal de Richelieu. Tout Paris passe par là sans se douter qu'il y eut un procès de vingt ans, perdu par le maréchal ; et l'on croit au règne du bon plaisir dans un temps où le roi lui-même succombait en plein parlement ! Puis les Bains Chinois, l'une des plus grandes audaces commerciales, une annonce d'un million, une réclame éternelle, et, chose étrange ! faite sous l'Empire.

Si les beaux et curieux édifices, comme la Maison dorée, comme celle du Grand Balcon, qui meublent les Boulevards, n'étaient pas entremêlés de sales et ignobles constructions plâtreuses, sans goût, sans décor, les Boulevards pourraient lutter, comme fantaisie d'architecture, avec le Grand Canal de Venise.

Regardez bien l'entrée de la rue Grange-Batelière, bordée à chaque encoignure d'édifices sans grandeur ni caractère, au milieu de tant de splendeurs ! Croiriez-vous que l'une de ces maisons soit celle du Jockey-Club ? ne trouvez-vous pas étrange que ses membres, aussi riches qu'élégants, n'aient pas eu la pensée nationale de lutter avec les clubs de Londres, dont la magnificence dépasse celle des rois ? C'est à un ancien tapissier, devenu par vocation architecte, que l'on doit la fameuse Maison dorée ! Eh ! bien, de l'autre côté du boulevard, c'est au célèbre tailleur Buisson que les Boulevards sont redevables de l'immense maison bâtie dans la cour de l'hôtel où tous les joueurs de Paris ont palpité pendant trente-cinq ans ! Là fut Frascati, dont le nom fut religieusement conservé par un café, rival de celui dit du Cardinal, qui lui fait face. Admirez les étonnantes révolutions de la propriété dans Paris ! Sur la garantie d'un bail de dix-neuf ans qui oblige à un loyer de cinquante mille francs, un tailleur construit cette espèce de phalanstère *colyséen*, et il y gagnera, dit-on, un million ; tandis que, dix ans auparavant, la maison du café Cardinal, dont le rez-de-chaussée rapporte aujourd'hui quarante mille francs, fut vendue pour la somme de deux cent mille francs !… Buisson et Janisset, le café Cardinal et La Petite Jeannette (combien de déjeuners, d'affaires, de bijoux, de fortunes, en peu de mots !) forment la tête de la rue Richelieu. N'est-ce pas la cuisine, l'habit, la robe, les diamants, et tout Paris peut-être ? car rien ne se fait sans cela ou pour cela.

Quel attrait, quelle atmosphère capiteuse pétillent entre la rue Taitbout et la rue Richelieu, jusqu'à l'autre perspective que voici ! Qui ne le sait ?

Une fois que vous avez mis le pied là, votre journée est perdue si vous êtes un homme de pensée. C'est un rêve d'or et d'une distraction invincible. On est à la fois seul et en compagnie. Les gravures des marchands d'estampes, les spectacles du jour, les friandises des cafés, les brillants des bijoutiers, tout vous grise et vous surexcite. Toute la haute et fine marchandise de Paris est là : bijoux, étoffes, gravures, librairie. Le préfet de police devrait interdire aux pauvres de passer par là, car ils doivent vouloir procéder immédiatement à la loi agraire. La lorette débouche infailliblement par les quatre ou cinq lignes qui mènent aux rues qu'elle affectionne ; et, tout à coup, le penseur est comme un chasseur lisant Horace qui voit filer devant lui les compagnies de perdrix ! On sort du champ de bataille de la Bourse pour aller aux restaurants, en passant d'une digestion à une autre. Tortoni n'est-il pas à la fois la préface et le dénouement de la Bourse ? Les clubs de Paris sont là presque tous ; les artistes fameux, les illustres richards, l'Opéra et ses mille pieds y passent à tout moment ; les cafés sont d'une splendeur fabuleuse. Dix théâtres, y compris celui de Comte, rayonnent aux environs. Ce point de Paris a tué le Palais-Royal. On s'y croit riche, enfin on peut s'y croire spirituel en frôlant sans cesse des gens d'esprit. Il y roule tant d'équipages que, par moments, on ne s'y croit plus à pied. Ce mouvement vertigineux vous gagne ; il est dangereux de rester là, sans une causerie ou une pensée intéressante. Voilà ce qui fait qu'on est plus heureux à Paris avec cent louis de rente qu'à Londres avec cinquante millions de fortune, et à Pétersbourg avec cinquante mille paysans de rente. À partir de la rue Montmartre jusqu'à la rue Saint-Denis, la physionomie du Boulevard change entièrement, malgré des constructions qui ne manquent pas de caractère, et parmi lesquelles on remarque tout d'abord le magnifique hôtel Lagrange, où logent maintenant les tapis d'Aubusson. On a vainement bâti la maison babylonienne du pont de fer, qui s'est donné le tort d'être en plâtre ; le Gymnase y montre vainement sa petite façade coquette ; plus loin, le bazar Bonne-Nouvelle, aussi beau qu'un palais vénitien, est en vain sorti de terre comme au coup de baguette d'une fée : tout cela, peines perdues !… Il n'y a plus d'élégance chez les passants, les belles robes y sont comme dépaysées, l'artiste, le lion, ne s'aventurent plus dans ces parages. Les masses inélégantes et provinciales, commerciales et mal chaussées, des rues Saint-Denis, des faubourgs du Temple, de la rue Saint-Martin, arrivent ; les vieux propriétaires, les bourgeois retirés se montrent ; et c'est tout un autre monde !… Le même phénomène a lieu, d'ailleurs, à Pétersbourg, où la vie de la Perspective est concentrée entre la Morskaia et le palais d'Anikoff. À Paris, un seul boulevard d'intervalle produit ce changement total. Les boutiques n'ont plus cette audace dans le décor, ce luxe dans les détails, cette richesse d'étalage, qui poétisent les Boulevards entre la rue de la Paix et la rue Montmartre. Les marchandises sont tout autres ; l'effrontée boutique à vingt-cinq sous étale ses produits éphémères, l'imagination n'a plus ces stimulants si prodigués quelques pas plus loin. Ce contraste est si frappant que l'esprit s'en ressent ; les idées ne sont plus les mêmes, on laisse ses pièces de cent sous tranquilles dans sa poche, quand on en a. Mais, si vous allez jusqu'à la porte Saint-Denis, que le conseil municipal essaye de dégager depuis vingt ans sans y parvenir, oh ! alors, malgré l'aspect original de ce vaste bassin, il prend envie aux pieds de retourner quand la nécessité d'une affaire vous oblige à vous aventurer dans ces parages. Ce boulevard offre une variété de blouses, d'habits déchirés, de paysans, d'ouvriers, de charrettes, de peuple enfin, qui fait, d'une toilette un peu propre, une dissonance choquante, un scandale très remarqué.

Vous retrouverez là l'ineptie de la Ville, elle brille en plein soleil. À dix pieds de la porte Saint-Denis, on laisse, depuis cinquante ans, une fontaine uniquement destinée à vendre de l'eau. C'est un affreux marais, infranchissable par tous les temps, qui fait de la crotte à vingt mètres à la ronde, et qui déshonore ce coin. Pourquoi ? je défie cent conseillers municipaux de l'expliquer, de le justifier. Ce boulevard fut toujours une sentine ignoble. On y a laissé subsister, pendant cent ans, un petit mur d'un mètre de hauteur, qui séparait une rue basse du boulevard. Devant le passage dit du Bois-de-Boulogne, il y avait un petit escalier où la fameuse Guimard se démit le pied en le descendant. Tout Paris fut en rumeur à cette cause. Le petit mur a subsisté, depuis cet accident, encore cinquante ans. Si La Fayette, que le peuple a hué en cet endroit en 1832, en l'accusant de trahison, s'était enrhumé sous la pompe, elle y aurait gagné cent ans d'existence. Les malheurs causés par les abus consolident, à Paris, les abus. On ne s'appelle pas préfet de la Seine pour rien, il faut en vendre l'eau partout. Mais pourquoi l'eau ne se mettrait-elle pas en boutique ? manque-t-on par là de coins honteux où la ville élèverait d'élégants réservoirs semblables à celui de la rue de l'Arcade ?

Voici le côté populaire des Boulevards. À partir du théâtre de la porte Saint-Martin jusqu'au café Turc, le peuple a tout pris sous sa protection. Ainsi, le succès amène au théâtre, non pas des spectateurs, mais toute la nation des faubourgs. Le château d'eau n'a jamais été calomnié par les romanciers populaires ; et de midi à quatre heures, la scène du caporal et de la payse est visible tous les jours de beau temps.

Cette zone est enfin le boulevard des Italiens du peuple ; mais elle n'est cela que le soir, car, le matin, tout y est morne, sans activité, sans vie, sans caractère ; tandis que, le soir, c'est effrayant d'animation. Huit théâtres y appellent incessamment leurs spectateurs. Cinquante marchandes en plein vent y vendent des comestibles et fournissent la nourriture au peuple, qui donne deux sous à son ventre et vingt sous à ses yeux. C'est le seul point de Paris où l'on entende les cris de Paris, où l'on voie le peuple grouillant, et ces guenilles à étonner un peintre, et ces regards à effrayer un propriétaire ! Feu Bobèche était là, l'une des gloires de ce coin, et, comme tant de gloires, sans successeur. Son compère s'appelait Galimafrée. Martainville a écrit pour ces deux illustres saltimbanques les parades qui faisaient tant rire l'enfant, le soldat et la bonne, dont les costumes émaillent constamment la foule sur ce célèbre boulevard, que voici dans toute sa vérité.

La maison du restaurant Deffieux fut le suprême effort de ce quartier pour lutter avec les boulevards supérieurs. Cet édifice, ceux de l'Ambigu et du Cirque, ont été des tentatives sans imitateurs. Les autres théâtres, les maisons, tout est construit sur les plus vilains modèles : le plâtre, les ornements sans durée, tout y est précaire et piteux ; mais l'ensemble produit un effet bizarre qui ne manque pas d'originalité. Le fameux *Cadran Bleu* n'a pas une fenêtre ni un étage qui soient du même aplomb. Quant au café

Turc, il est à la Mode ce que les ruines de Thèbes sont à la Civilisation.

Bientôt commencent des boulevards déserts, sans promeneurs, les landes de cette promenade royale. L'ennui vous y saisit, l'atmosphère des fabriques se sent de loin. Il n'y a plus rien d'original. Le rentier s'y promène en robe de chambre, s'il veut ; et, par les belles journées, on y voit des aveugles qui font leur partie de cartes. *In piscem desinit elegantia* [1]. On y expose sur des tables de petits palais en fer ou en verre ; les boutiques sont hideuses, les étalages sont infects. La tête est à la Madeleine, les pieds sont au boulevard des Filles-du-Calvaire. La vie et le mouvement recommencent sur le boulevard Beaumarchais, à cause des boutiques de quelques marchands de bric-à-brac, à cause de la population qui s'agglomère autour de la colonne de Juillet. Il y a là un théâtre qui de Beaumarchais n'a pris encore que le nom.

Au-delà, le boulevard Bourdon n'est plus Paris : c'est la campagne, c'est le faubourg, c'est la grand-route, c'est la majesté du néant ; mais c'est un des plus magnifiques lieux de Paris, le coup d'œil y est étourdissant. C'est une splendeur romaine sans spectateurs ! Le pont d'Austerlitz, la Seine dans sa

1. « L'élégance se termine en queue de poisson. » Allusion au vers 4 de *L'Art poétique* d'Horace.

plus grande largeur, Notre-Dame, le Jardin des Plantes, la Halle aux Vins, l'île Saint-Louis, les greniers d'abondance, la colonne de Juillet, les fossés de la Bastille, la Salpêtrière, le Panthéon, tout y est grandiose. Vraiment, la fin du drame parisien est digne de son commencement.

Allez, au grand trot d'un cheval anglais, de la place de la Concorde et de la Madeleine au pont d'Austerlitz, vous lirez en un quart d'heure ce poème de Paris, depuis l'arc de triomphe de l'Étoile, où revivent trois mille soldats, jusqu'au palais où vivent trois mille folles ; depuis le Garde-Meuble jusqu'au Muséum, depuis l'échafaud de Louis XVI, couvert par un caillou d'Égypte, jusqu'au premier coup de feu de la Révolution allumé sous les yeux de Beaumarchais, qui tira le premier bon mot dix ans avant le premier coup de fusil ; depuis les Tournelles, où naquit le roi de France, jusqu'à la Chambre, où il est mort sous le roi des Français. L'histoire de France, les dernières pages principalement, sont écrites sur les Boulevards.

Une concurrence formidable se prépare contre les Boulevards. Aujourd'hui, les gens distingués se promènent aux Champs-Élysées, dans la contre-allée méridionale ; mais la même imprévoyance qui rend les Boulevards impraticables en temps de pluie, le temps le plus fréquent à Paris, arrêtera pendant longtemps le succès de la grande avenue des Champs-Élysées.

Caveant consules [1] ! J'ai dit.

1. « Que les consuls prennent garde ! »

Le bois de Boulogne
et le Luxembourg

I L Y A DES GENS qui font à tout propos le portrait de la jeunesse française, et qui peignent une génération entière avec autant d'assurance et de précision que s'il s'agissait d'un seul homme. Les caractères, les mœurs, les esprits les plus divers, ils expriment tout sous une formule générale ; et on dirait, à les entendre, que tous ceux qui n'ont point atteint l'âge électoral pensent, agissent et vivent comme au son du tambour. Mais cette formule varie avec les auteurs. De là les définitions les plus bizarres et les plus contradictoires : la jeunesse est grave, la jeunesse est légère ; elle est laborieuse, elle est oisive ; elle est docte, elle est ignorante ; elle est sans grâce, elle est le modèle des grandes manières et sans rivale en matière de bon ton et de goût ; elle agit sans penser, elle pense sans agir. Enfin, toutes les variétés de définitions qu'on trouverait dans les naturalistes, les philosophes, les publicistes, ne suffisent point pour représenter cet être multiple qu'on appelle la jeunesse.

Si la peinture pouvait venir au secours de la parole, je proposerais d'imiter ces bonnes gens qui, voulant définir la France, jettent sur la toile une grande femme, la couronne en tête, sans oublier l'inévitable robe bleue et les fleurs de lys. Qui ne dit rien dit tout, et, avec dix ans de moins et un changement de sexe, cette grande femme figurerait fort convenablement la jeunesse française. Mais où trouver des mots qui vaillent la robe bleue, et quel écrivain rencontrera cette latitude d'idée, cet heureux vague d'expression qui donnent au tableau du peintre toutes les grâces d'une formule algébrique ? Si l'algèbre ne prend pas pitié de la littérature, il faut désespérer d'accorder ensemble tant d'arrêts contradictoires, et la jeunesse française, forcée d'accepter par définition la lettre de madame de Sévigné sur le mariage de Mademoiselle, ira comparaître au tribunal de la postérité, qui jettera sa langue aux chiens comme madame de Grignan.

Il y avait naguère un homme qui prétendait reconnaître, à l'expression de la figure, de quel quartier venaient les passants qu'il rencontrait. Ce collatéral du docteur Gall et de Lavater savait distinguer, aux nuances de la physionomie, l'ennui lourd et agreste du Jardin des Plantes de l'ennui plus élégant et plus civilisé des Tuileries, le bâillement apprêté du boulevard de Gand du bâillement méthodique de la Petite-Provence. Suivant lui, il y avait dans chaque quartier une atmosphère à l'influence de laquelle il était impossible d'échapper, et un homme qui venait de la rue Mouffetard ou de la place Maubert ne pouvait s'empêcher d'avoir, dans ses gestes, dans sa tournure, dans sa mise, dans le son de sa voix, quelque chose de commun et de trivial qui trahissait son pèlerinage au pays Latin.

« Les vêtements mêmes, disait-il, prennent un mauvais pli dans ces pays perdus, et un habit de Staub ne résisterait pas à deux excursions dans le faubourg Saint-Jacques. »

Je ne voudrais pas répondre sur ma tête de la justesse de cette dernière observation, mais, si l'observateur vit encore, il doit quelque peu sourire en lisant les auteurs qui prétendent représenter dans une seule et unique définition les variétés infinies que son œil exercé savait découvrir dans la même ville, les magnificences un peu brutales de la Bourse et la gothique simplicité du Marais, avec la dignité élégante du faubourg Saint-Germain et les trivialités du faubourg Saint-Jacques. Autant vaudrait sans doute imiter ce peintre qui, confondant tous les temps et tous les peuples, poussait l'intrépidité de l'anachronisme jusqu'à faire assister des gardes suisses à une descente de croix.

Puisqu'on fait l'histoire de tous les empires, on devrait faire l'histoire de tous les quartiers : la postérité y gagnerait beaucoup, j'en suis sûr ; car, dans nos sublimes annales, où l'on peint les généraux, les batailles, les rois et les ministres avec toutes les grâces de la chronologie et toute la chaleur du style du *Moniteur*, il y a toujours quelqu'un d'oublié ; ce quelqu'un, c'est le John Bull des Anglais, le Jacques Bonhomme des Français ; en un mot, ce quelqu'un, c'est tout le monde. Mais quelle variété de couleurs ne faudrait-il pas au peintre pour donner la vie à tant de tableaux divers qui se dérouleraient devant lui ! Le quartier d'Antin et le faubourg Saint-Antoine ; la civilisation et la barbarie ; Véry, que les Anglais nous ont gâté, et l'humble Flicoteaux qui n'a pas besoin de l'être ; Véry, qui eut l'honneur de donner des indigestions à toutes les gloires de l'Empire, à toutes les célébrités de la Restauration ; le séculaire Flicoteaux, qui ne donna jamais d'indigestions à personne, mais qui, de père en fils, eut le privilège d'empoisonner les enfants d'Hippocrate et de Cujas ; en un mot, l'abondance et la disette, l'opulence et la pauvreté, l'élégance d'Alcibiade et le cynisme de Diogène, toutes les extrémités de mœurs séparées par quelques toises d'eau, un quartier, une rue ; voilà ce qu'il faudrait peindre si l'on voulait définir la société actuelle en général, et en particulier la jeunesse française.

Vous qui avez vu le bois de Boulogne dans ses jours de splendeur, avec ses allées peuplées de brillants cavaliers et de somptueux équipages qui semblent glisser sous des dômes de verdure ; vous qui avez suivi ces héros de la mode à la mise élégante sans être recherchée, au maintien noble, aisé, gracieux, retracez-nous avec de vives couleurs cette jeunesse livrée tout entière au luxe et au plaisir, qui paraît partout où la vanité peut étaler ses pompes, partout où l'oisiveté peut promener ses ennuis. Courage ! votre tableau est fidèle, on connaît les originaux de ces portraits, et Grammont, en les voyant, s'applaudirait d'avoir de pareils successeurs.

Des grâces, de la folie, de l'esprit et des dettes, voilà donc qu'il est encore l'apanage des jeunes Français de nos jours ! Le XIXe siècle n'a point à rougir devant ses aînés ; c'est toujours cette aimable frivolité de caractère, cette facilité de mœurs, cet amour de luxe et de parure dont on accusait nos devanciers. Je reconnais les dignes fils de ces hommes qui, selon le mot d'un grand roi, « portaient sur eux leurs métairies et leurs bois de haute futaie ».

Le tableau est achevé à votre avis, il ne faut rien y reprendre. Attendez encore. Oserez-vous porter vos pas dans les profondeurs du faubourg ultrapontain ? L'aspect du vétéran triste et morne, semblable au Temps qui veille à la porte du tombeau, ne nous arrêtera-t-il pas aux portes du Luxembourg ? Les enfants crient, les bonnes grondent, passez vite ; plus loin, quelques vieux rentiers promènent leur goutte, leurs rhumatismes, leur phtisie, leur paralysie, passez vite encore. Le Luxembourg est le rendez-vous de la vieillesse ennuyeuse et cacochyme et de l'enfance importune et criarde ; on n'y marche qu'entre des cannes et des bourrelets ; c'est l'Élysée des goutteux, la patrie des nourrices ; autant vaudrait passer sa vie dans le coche d'Auxerre que d'être déporté au Luxembourg !

Au milieu de cette atmosphère lourde et glaciale, cherchez cette jeunesse française que vous peigniez tout à l'heure avec des couleurs si brillantes. Où est cette grâce, cette élégance, ce luxe qui charmait vos regards ; où sont ces manières nobles et aisées ? Sous ces amples vêtements qui tombent lourdement, et dont les plis faux et malencontreux semblent accuser le ciseau inexpérimenté d'un Staub de soupente, reconnaissez-vous ces modèles d'élégances dont les caprices ont force de loi dans l'empire de la Mode ? Écoutez-les parler : est-ce là ce langage brillant, cet art de racheter la stérilité du fond par la grâce de la forme, ce bavardage élégant qui effleure tous les sujets sans les épuiser, qui mêle au besoin l'Opéra et la morale, Rossini et la guerre d'Alger, les élections et les chanteurs allemands ? Prenez garde ! vous pourriez entendre quelque point de droit savamment discuté, quelque système médical expliqué et dûment commenté, un panégyrique de Broussais, une apologie d'Hippocrate, sans parler de la politique courante et d'un recueil d'anecdotes égrillardes sur les lingères, les passementières, les couturières, les modistes ; que sais-je ! l'histoire universelle des amours du quartier. Prenez garde ! les Lovelaces du faubourg Saint-Jacques sont de terribles historiens ! Que serait-ce si vous les suiviez chez ce Procope qui fut jadis témoin des saillies de Piron et des reparties de Voltaire ; si vous entendiez le domino monotone retomber sur la table de marbre, et l'esprit et la gaieté étouffés entre un double as et un sonnet ; si vous contempliez les joueurs, le front soucieux, l'air triste, suivant d'un œil mélancolique le dé de leur adversaire et prenant en patience leur plaisir !

Que vous semble maintenant de la jeunesse française ? Est-elle si vive, si gaie, si aimable, si pétulante, si brillante, si étincelante, si étourdissante ? À la place des bouteilles qui sont sur cette table, mettez des pots d'étain, et vous êtes en Allemagne, à Leipzig, à Iéna, au milieu de ces étudiants qui, partageant leur amour entre la science et la taverne, mettent autant de zèle à expliquer un passage de Platon ou de Pindare qu'à jeter des pots à la tête du garde de nuit.

N'allez pas cependant prendre en haine tout un quartier de Paris et retrancher la moitié de la ville de votre communion. Ces jeunes gens sont moins gracieux, moins élégants sans doute que leurs voisins de l'autre côté de l'eau, et ce n'est point dans le parterre de l'Odéon que le goût et la mode iront chercher leurs favoris ; mais c'est parmi eux que se recrutent toutes les célébrités de l'époque ; la justice, le barreau, les sciences, les arts leur appartiennent ; leurs jours, quelquefois leurs nuits, sont consacrés au travail, et c'est ainsi que se préparent dans le silence des publicistes, des poètes, des orateurs. Faut-il les condamner parce qu'ils ont préféré le fond à la forme, le travail à l'oisiveté, la science au plaisir ? Il ne faut condamner personne, il faut seulement répéter aux auteurs qu'il y a deux jeunesses en France : l'une jouit de la vie et l'autre l'emploie ; l'une attend son avenir et l'autre l'escompte. La première est la plus sage sans doute, mais elle salue bien mal !

Des salons littéraires
et des mots élogieux

CE N'EST PAS UNE MINCE ÉPREUVE pour une grisette que de mettre son premier cachemire ; un solliciteur, admis pour la première fois à la table d'un ministre, est le plus embarrassé des hommes, s'il n'est gascon ou gros mangeur ; et l'une des plus cruelles angoisses que puisse endurer l'homme social, c'est d'être présenté à la famille de sa future. Le nombre des maladresses qu'on peut commettre dans ces trois accidents de la vie fatiguerait les calculs de l'ingénieux Charles-Dupin ; toutefois, on peut espérer de s'en garantir, d'abord parce que toutes les grandes dames n'ont pas été grisettes, et qu'on n'est pas tenu, malgré l'exemple, d'être solliciteur ni de se marier. Mais un malheur auquel un homme de bonne compagnie ou une femme à la mode ne peuvent échapper, c'est d'assister à une lecture de salon. Prenez garde, vous marchez ici sur un terrain où les plus habiles trébuchent. Vous êtes le danseur le plus élégant de Paris, le cavalier le plus habile du Bois, le convive le plus discret, et le causeur qu'on préfère, prenez garde ! Et vous dont la grâce nonchalante occupe si bien le fond de votre calèche, vous dont le salon est un modèle de bon accueil, vous qui avez la patience pour écouter un sot, de l'attention pour le talent, de la moquerie pour les discours d'amour, de la froideur pour l'homme qui vous trouble, et de l'esprit pour tout vivre, prenez garde, si l'on vous invite à quelque soirée littéraire ! craignez, s'il s'agit de prose ; si ce sont des vers, frémissez !

En principe, tout homme qui sait qu'il ne faut pas demander à telle femme des nouvelles de son mari, qu'il y a des banquiers devant qui l'on ne parle pas faillite, l'homme qui a le soin, en racontant une anecdote qui regarde une belle présente, de ne pas dire : « Il y a vingt ans » ; celui qui a le bon esprit de parler à une femme laide du charme inexplicable de sa personne, le joueur qui sait prêter son argent et l'oublier dans la poche de l'emprunteur, le fat qui jure qu'il est incapable d'avouer qu'il est l'amant de qui que ce soit, le provincial timide qui se tait, et le médisant qui ne raconte des horreurs de ses amis qu'à cinq personnes à la fois, tous ces gens peuvent très bien vivre dans le cours vulgaire du monde, et même s'y faire une réputation de convenance et de tenue assez méritée.

Mais combien toute cette petite science est mesquine et insuffisante si vous approchez le salon littéraire, le monde poétique, le cycle d'or où les Muses font voler les Heures. Dieu me pardonne, je crois qu'un courtisan du Grand Seigneur n'y serait qu'un rustaud. C'est un art inconnu, c'est un travail de galérien accompli le sourire sur les lèvres, c'est le martyre et la torture en chantant les louanges de Dieu que vivre de la vie des littérateurs de nos coteries.

Que de choses à observer, de nuances à saisir, d'écueils à éviter, non pas pour échapper au ridicule, mais pour s'épargner la malédiction d'un génie ! Car il faut bien se pénétrer de cette vérité, qu'il ne s'agit plus ici d'une moquerie qui punit une maladresse, ou d'un silence absolu qui met au jour une inconvenance, c'est toute sa vie qu'on joue sur un geste ou sur une parole, c'est une haine à mort qui sera le châtiment d'un oubli ou d'une froideur.

Et d'abord, vous entrez dans un salon où causent à grand bruit les hommes à front large et les femmes qui sont des anges oubliés sur la terre. Ne vous choquez pas de ce que votre salut est inaperçu. Estimez-vous heureux si vous n'avez déjà fait trois balourdises, la première d'avoir été vous présenter à la maîtresse de maison, qui règle l'ordre des lectures, la seconde d'avoir salué une femme de votre connaissance dont les yeux immobiles étaient fixés sur vous, sans comprendre qu'elle pense, rêve ou médite ; et la troisième d'avoir dit : « Hein ?... plaît-il ? » à un poète distrait qui se remet des vers en mémoire et vous les souffle dans l'oreille.

Asseyez-vous, le cercle est formé. Maintenant, dans toutes ces postures, choisissez vite celle qui vous va le mieux ; car de vous asseoir naïvement et simplement, il n'y faut pas penser. Ce monsieur qui met ses coudes sur ses genoux et qui cache sa tête dans ses mains, de peur qu'un regard, un objet visible n'altère la profonde attention qu'il va prêter à l'œuvre promise ; celui-ci qui s'enfonce dans une bergère les yeux demi-clos pour se laisser bercer dans la douce harmonie d'un vers enchanté ; cette belle personne qui, le front haut et l'œil impatient, appuie des regards d'aigle sur cette bouche poétique qui parle si bien d'amour ; ce jeune adepte qui, la tête basse, les yeux fixés par terre et le corps légèrement courbé, suit, par un balancement élégamment modulé, le rythme et l'action du poème ; ce tout petit admirateur qui se cache derrière tout le monde pour avoir le droit de se hisser sur ses orteils, de s'accrocher à l'épaule de son voisin, et de ne montrer que le bout de son nez, où toute l'ardeur de son attention se manifeste ; et l'ami qui se place à côté du lecteur et dont le geste impose silence ; et le rival qui s'appuie le dos à la cheminée et qui fait parade de sa défaite ; et celui qui se retire dans un coin pour s'imiter les chants d'une voix lointaine ; et ce dernier qui, plus hardi et quelquefois sublime, laisse prendre tous les sièges, et, s'oubliant au milieu du cercle, finit par s'asseoir par terre comme un Lacédémonien ; tous ces gens connaissent leur monde. Mais vous qui n'êtes pas encore nubile à la poésie, si vous en croyez un homme d'expérience, vous ne tenterez pas cette supériorité d'attitude, et, si vous trouvez un groupe d'hommes dense et obscur, ou un siège vide, voilé par un vaste chapeau de bas-bleu, vous y cacherez votre inexpérience.

Écoutez, écoutez, la lecture commence. C'est le silence du désert, l'immobilité de ses pyramides qui accueillent le premier vers de l'élégie, ou de l'ode, ou de la méditation, ou du dithyrambe.

> Je voudrais bien savoir ce que c'est qu'une femme...

« Pardon, pardon, dit une jeune grosse personne qui dérobe sous un mouchoir parfumé la toux cruelle qui doit éteindre son existence, le titre, monsieur, le titre ?

– Oui, oui, le titre ? » répète l'assemblée.

Et le silence revient après un léger murmure, comme la nuit après le crépuscule.

> En m'en revenant un soir d'été… sur les
> Neuf heures… neuf heures et demie… un jour
> De dimanche.

« Manière heureuse de poser la scène ! – Il y a de la grâce. – De la nouveauté. – J'y suis déjà. – J'écoute. – Oui, oui. »

L'élégie commence et la bataille en même temps, car c'est un combat entre le poète qui débite et l'auditeur qui loue. L'un ne dit pas un hémistiche que l'autre ne lance un « Bien ! Oh ! Oh !… ». Et puis ce sourire admiratif de l'ami intime qui sait par cœur le poème récité, et qui voit venir un vers à émotion ; cinq minutes à l'avance une douce joie commence à éclore sur son visage, elle s'épanouit davantage à chaque hémistiche, croît, rayonne et éclate au vers attendu en un « Ah ! bravo ! ravissant ! – Plein de charme ! – C'est un bonheur dans la poésie ! – C'est un pas en avant ! – C'est une révélation ! – Chut ! laissons continuer. – C'est lui qui est coupable de nos interruptions avec ses vers qui troublent ! – Mais silence donc ! »

Ces premières interruptions appartiennent, en général, à la classe peu habile des louangeurs. Laissez continuer la lecture, laissez se rétablir ce profond silence où se traîne la voix frêle et douce du poète récitant. Voici un auditeur dont les lèvres entr'ouvertes et le cou tendu attestent la vigoureuse admiration ; cet autre laisse échapper à voix basse des mots confus de joie et de contentement ; cette femme égare ses regards jusqu'à faire douter de sa raison ; cet ami fait crier le dos de sa chaise sous la crispation de ravissement qui le saisit ; le plus intrépide laisse échapper par-ci par-là un rire d'idiot, d'homme surpris et épouvanté des mystères sublimes où il est admis ; celui-là tire un mouchoir et a l'air de rougir d'être forcé à pleurer ; un plus stoïque lutte contre l'émotion et raidit son âme contre l'empire du poète ; tel autre n'appartient plus à la terre ; et quelques-uns suffoquent, lorsque enfin un vers détermine l'éruption du volcan admiratif. Soudain la lave brûlante déborde, et l'âme de l'auditeur, longtemps comprimée, se répand en cris, en toussements, en battements de mains, en trépignements, en extases modulées sur des « ah ! » sur des « oh ! » de tous les tons ; jusqu'au moment où l'ami intime rassure l'assemblée d'un geste qui promet mieux encore, et où le poète, quittant la confusion où le met son triomphe, reprend hardiment le cours de ses strophes commencées.

Misérable auditeur qui êtes admis pour la première fois à ce mystère social, quelle sera votre tenue, l'applaudissement ? le bravo ? Insolent critique ! vous êtes un homme perdu si vous dites de telles injures. Vous n'avez qu'un moyen de salut : c'est d'affecter ce silence de suffocation qui arrête la louange à la gorge, tant il y a à dire ; ou, si vous êtes présenté par un intime, vous avez encore la ressource de vous approcher de lui, des larmes de reconnaissance dans les yeux, et de lui presser vivement la main en lui disant :

« Merci, mon ami, merci !... »

Ceci est adroit, c'est remarqué et ce n'est pas sans élégance.

Faisons observer cependant que nous n'en sommes encore qu'à la mimique de l'admiration, et que les formules parlées sont ménagées par les habiles, comme le bouquet d'un feu d'artifice. Aussi, avant d'arriver à cette terrible explosion de sentiments passionnés, il faut que je vous parle quelque peu des interruptions dramatiques.

Je sais de par le monde un jeune prédestiné qui, dominé par le génie de famille qui le tient, s'accroche à la manche de quelque belle voisine et qui, dans une convulsion d'enthousiaste, en arrache un lambeau ; d'autres fois, pendu à un rideau, il trépigne d'un ravissement sans fin, jusqu'à ce que, fléchissant sous l'émotion, il entraîne dans sa chute et la tringle de fer, et le bâton doré, et le calicot rouge, et la mousseline blanche, engloutissant avec lui quelque belle attentive, quelque adorateur du grotesque ; leur bosselant le front, leur crevant les yeux, ou bien encore leur cassant trois dents, ce qui s'est vu.

Arrive-t-il, dans un de ces moments néfastes où les meilleurs esprits restent au-dessous de leur mission, que l'attention trop silencieuse du cercle ressemble à de l'ennui, il n'est pas un poète à la poitrine forte et au cœur rempli de miel ou de fiel qui n'ait un servant tout prêt à réchauffer l'assemblée. S'il le faut, il s'élance d'une embrasure de croisée à travers les chaises et les fauteuils, et, s'arrêtant au milieu du cercle, il s'écrie, il frappe du pied, il se démène, il prononce des mots sans suite, jusqu'à ce que, plus maître de son émotion, il coure se renfermer dans sa croisée, où son enthousiasme murmure encore quelque temps comme un incendie qui s'éteint.

Toutefois, pendant ce temps, la lecture continue et les mots interrupteurs commencent à se faire jour. À quel genre, à quelle époque appartient la poésie dont on vous enivre ? Les filles de Grenade avec la sérénade et la promenade vous apprennent-elles les détours de l'Alhambra et les délices des bois d'orangers :

« Oh ! que c'est mauresque ! dit celui-ci.

— Oh ! que c'est Afrique ! s'écrie celui-là.

— Et Espagne en même temps ! ajoute un autre.

— Il y a des minarets dans ce vers !

— C'est tout Grenade !

— C'est tout l'Orient ! »

Ma parole d'honneur la plus sacrée, on a dit devant moi, à propos d'Afrique et d'Espagne : « C'est tout l'Orient ! »

Que si par hasard le rude Moyen-Âge, ses tours et ses vautours, et ses manoirs noirs, et ses tourelles grêles, et ses porches qu'éclairent des torches, emplit votre oreille de ses récits chevaleresques, c'est l'ogive, – c'est la rosace, – c'est le pilier, – c'est la pierre dentelée, qui deviennent les adjectifs admiratifs des coloristes de la poésie.

« Ces vers sont élégants comme une colonne du Parthénon.

– Cette élégie est comme une statue de marbre de Paros trouvée au bord d'une fontaine.

– C'est une théorie qui marche au sacrifice.

– C'est une amphore où se recueille le miel du mont Hymette. »

Ceci est pour la poésie grecque, qui est peu en vogue, mais dont le vocabulaire laudatif a cependant quelque étendue.

Mais, tandis que nous écoutons avec rage, l'heure fuit et les dernières strophes vont se faire entendre ; ici, la couleur locale disparaît et l'émotion arrive à ce degré d'égarement que les mots ingénieux et partiels ne suffisent plus ; il s'agit d'en trouver qui renferment l'éloge complet dans un cri, ou dans une image.

Le poète cesse de parler... L'assemblée se lève... Qu'est-ce ? Où sont les mœurs élégantes et réservées des salons de Paris ? Qu'est devenue la politesse des hommes, la retenue des femmes ? Tout se mêle soudainement ; on se précipite vers le lecteur, un long cri d'admiration, mêlé de battements de mains et de trépignements frénétiques, occupe d'abord l'oreille étonnée ; et puis, dans un murmure universel et violent, passent et brillent comme des éclairs à travers la tempête : « Ravissant ! – Miraculeux ! – Immense ! – Prodigieux ! » Un certain soir, j'avais préparé avec adresse : « Renversant ! » Le mot fut accueilli, mais je fus détrôné par « Étourdissant ! » qui fut mieux lancé et plus goûté.

Quant à vous, infortunés, à qui je m'adresse, tenez compte de ceci, que *miraculeux* et *immense* est le moins que vous deviez à une élégie de quinze vers ou à une ode de trois strophes ; que, s'il s'agit d'un drame : « C'est un siècle qui revit ! – C'est toute l'histoire mise en action ! – C'est le colosse mesuré à sa hauteur ! – C'est le passé qui se lève ! – C'est l'avenir qui se dévoile ! – C'est le monde ! – C'est l'univers ! – C'est Dieu ! »

Et maintenant, vous à qui nous enseignons comment s'habille l'homme de bonne compagnie, tenez-vous pour légèrement décrassé en fait de science poétique. Nous vous avons appris comment on se présente et l'on se tient dans un salon littéraire ; mais n'allez pas croire que vous y serez autre chose qu'un très vulgaire auditeur, dont on n'aura pas à se plaindre tout au plus. Soyez circonspect, c'est-à-dire, si vous n'avez ce génie qui voit, apprend, juge et fait en cinq minutes, tenez-vous-en aux mots que nous vous avons indiqués.

Il y a une chose qui n'appartient qu'aux transcendants, c'est l'éloge furieux sous la forme de la critique ; il y faut un tact, une délicatesse que l'expérience seule peut donner ; en même temps, une audace et une vigueur d'exécution, que la nature ne prodigue qu'à ses favoris.

Surtout, et comme dernier avertissement, sans lequel tous les autres seraient inutiles, par grâce pour vous, pour votre famille, pour votre avenir et le sien, n'entrez jamais au milieu d'une lecture. C'est à genoux que nous vous donnons ce conseil. Pauvre jeune homme, pauvre femme, vous avez interrompu une lecture ! Jeune homme, ne demandez jamais une belle fille en mariage : trente-huit lettres anonymes dénonceront vos folies de jeunesse, vos dettes et les maîtresses de vos premières amours. Faites votre testament politique si vous voulez être chef de bureau, ou député, ou préfet. Et vous, femme infortunée, ne regardez ni ce beau militaire, ni cet élégant maître des requêtes, ni ce galant juge auditeur : ils sont déjà vos amants, au dire de mille bouches poétiques.

Enfin, nous n'avons que trois choses à donner au misérable qui interrompt une lecture :

Une prière. – Une tombe. – Et ces mots : REQUIESCAT IN PACE !

De la mode
en littérature

À madame la comtesse d'O…t

J'OSE À PEINE VOUS AVOUER, madame, que je suis épouvanté de la confiance dont vous avez la bonté de m'honorer. Vous voulez faire un ouvrage, le faire à Tours et jouir d'un succès à Paris. Vous croyez qu'il est aussi facile de vous envoyer, par la poste, les patrons sur lesquels nous taillons un livre, que de vous transmettre ceux d'une robe ou d'un fichu, grâce aux élégants dessins de Gavarni.

Erreur, madame !... Et cette idée accuse déjà l'innocence du ravissant pays que vous habitez. Hélas ! la MODE est la *fixité* même en comparaison des vertiges dont notre littérature est saisie. Le vieux Parnasse s'est changé en vallée ; que dis-je ! en un désert sablonneux dont les monticules sont aussi mouvants que ces îles dorées qui flottent sur les eaux de votre belle Loire et dont les dunes fantasques se brisent, s'élèvent, s'arrondissent, s'abîment, reparaissent ; inconcevables gouffres qui, souvent, emportent un imprudent nageur, comme ici quelque faux système, quelque coterie, quelque amour insensé de soi-même, engloutissent un homme de talent. Aussi, j'aurais mille fois mieux aimé avoir été chargé, moi ignorant, de vous choisir un bonnet chez Herbault, une étoffe chez Delisle, plutôt que d'avoir, tout critique que je puis être, à vous dicter les oracles du goût présent, à vous initier aux mystères de nos succès. D'abord, y a-t-il un goût ? avons-nous des succès ? Vous ne savez donc pas, madame, qu'aujourd'hui un homme n'a qu'un jour et que tous les jours n'ont pas un homme ? Et qu'est-ce qu'un homme ?... Nous dévorons des pays entiers. Hier, c'était l'Orient ; le mois passé, ce fut l'Espagne ; demain, ce sera l'Italie.

Je pourrais vous dire d'étudier la couleur locale de la Laponie, et vous nous construiriez un admirable Spitzberg avec des glaces bien naturelles, une aurore boréale que vous n'auriez pas vue, et les rennes, les arêtes de poisson, l'huile de baleine, l'horizon de neige, les ours blancs et les lichens... Bah ! ce ne serait plus cela !... Quand vous nous apporteriez votre microcosme tout imprimé, la girouette littéraire aurait tourné vers les forêts vierges du Brésil. Le public raffolerait de caïmans couchés au fond d'un puits, de jaguars dorés et tachetés, des caramurus, des jakaréouassous, etc. Vous parleriez français-lapon à des gens qui n'entendraient plus que le jargon des sauvages.

Enfin, madame, pendant que vous chercheriez des idées, le public voudrait *de la couleur* ; vous feriez de la couleur, il vous demanderait du trait ; courez après le trait, ce Shahabaham désirera des tableaux de mœurs ; forgez-lui des mœurs exactes, il sera fou d'histoire ; brodez-lui une époque, en manière de tapisserie, plaquez un livre de pièces de rapport, il vous tournera le dos pour admirer un homme qui s'est amusé à publier une variation littéraire dont le thème est un mot. Tantôt c'est un enfant qui ramasse tous ses jouets et les brise, les laissant pour aller voir la lune dans un seau ; tantôt c'est un homme grave qui écoute M. Cousin et se fait un casse-tête chinois de ses leçons. Il dédaigne un homme de talent et s'amourache d'un sot.

Et vous voudriez plaire à ce Paris, tour à tour sublime et ridicule, souverainement intelligent et souverainement bête, qui ne semble vivre que par les yeux ?… Ah ! vous ne savez pas ce que vous entreprenez. Un forçat connaît son travail, un auteur n'est jamais au fait de ce que le caprice de Paris va lui demander. Il faut aujourd'hui à ce public fantasque des feux d'artifice en littérature, comme un monde élégant et toujours paré, comme des boutiques brillantes et des bazars magiques ; il veut *Les Mille et Une Nuits* partout.

Aussi, chaque semaine, la presse lui fournit cinquante volumes prétendus nouveaux ; le théâtre lui donne trois pièces nouvelles. Chaque matin, les journaux lui servent un homme bardé de ridicule, embroché par un bon mot ; princes ou savants, rois ou professeurs, qu'importe ! l'essentiel est qu'il y ait un plat quotidien. Aujourd'hui le financier aurait raison de se plaindre que son dessert n'a pas d'épigrammes. Enfin, Paris a son Colisée comme l'ancienne Rome ; mais ses gladiateurs sont des écrivains ; ses hyènes, ses tigres sont des journalistes. Les Césars versaient le sang, offraient des hommes ; nous, nous consommons des intelligences. La jeune fille lit dans un livre ce que la vestale voyait. La police et ses égouts, Vidocq et ses limiers, Sanson et sa terrible machine, et tous les crimes possibles, les goules, les vampires, les apparitions, tout a été dévoré. Nous avons pris de la manière la plus élégante les choses les plus sales. On a paré la grève comme Crébillon fils parait le vice. La guillotine a été notre *sopha*.

Que pourriez-vous donc faire ?... Au nom du ciel, ne vous exposez pas à voir un grand homme de dix-neuf ans, sorti du collège hier, et qui ne parle à une femme que si elle a voiture, prendre votre livre, le tordre et s'écrier : « Pas une idée !... »

Mais, en dévoilant tous les dangers qui vous attendent dans cette carrière, vous prendrez de vous-même le parti le plus sage, et vous comprendrez que votre flambeau, tout pur, tout brillant qu'il puisse être à Tours, ferait peu de sensation au milieu des intelligences qui scintillent et s'allument ici à toute heure comme nos becs de gaz. Il n'y a plus de place que pour un soleil. Si j'étais de l'école de Demoustier, je vous comparerais à l'astre des nuits ; mais notre style précieux est, ma foi, bien autre chose !...

Si j'ai le courage d'entreprendre une tâche aussi lourde, c'est, je vous l'avouerai, que j'ai trouvé le moyen de vous transporter toute la responsabilité de cette analyse. Je me contenterai de dresser l'inventaire de nos richesses et de nos pauvretés intellectuelles, avec le calme d'un notaire qui ne pense qu'à ses vacations ; et vous jugerez vous-même de la valeur des choses. Ce sera comme une vente après décès, où, par le plus ou moins d'usage que faisait le défunt de ses hardes, de ses meubles, de ses livres, un observateur en découvre les goûts. Ici le mort est le public ; car je crois, Dieu me pardonne, qu'il n'existe plus. Cela devait arriver. En France tout le monde a voulu être un grand homme en littérature, comme naguère chacun voulait être colonel. Le parterre a tout à coup sauté sur le théâtre. Il ne s'est trouvé que des coupables et plus de juges. Il est cependant bien plus commode de dire des niaiseries en jugeant, que d'en écrire en composant. Mais, que voulez-vous ! cette manie a une cause. Aujourd'hui, un homme qui ne fait pas un livre est un impuissant. Aussi chacun s'est empressé de prouver qu'il a, comme dit Sainte-Beuve, « des esprits au complet ». Vous voyez le duc de Guiche écrire sur les chevaux, *sermone pedestri* [1], le pair de France le plus encroûté a publié sa brochure, et, vous-même, vous avez médité, sans doute, quelque *Ourika* de province, qui m'a valu la lettre à laquelle je réponds en ce moment.

Alors, madame, il n'est plus resté qu'un vieux public blasé, les gens de l'orchestre : vieillards blancs, militaires impériaux, carrés dans leur redingote, ayant des boucles d'oreilles d'or, des queues noires, des moustaches grises ; gens difficiles à toucher, gens connaissant l'Asie, l'Afrique, la Russie, l'Espagne, l'Italie, et ne s'abusant pas sur un pays de fabrique ; puis encore quelques émigrés réveillés d'hier, des femmes légères, des douairières pesantes, des femmes de chambre devenues comtesses, des madame Angot qui prennent Robinson pour un jacobin. Tout à

---

1. « En un langage pédestre », c'est-à-dire « familier », *pedester* en latin signifiant à la fois « pédestre » et « prosaïque ». Allusion au vers 95 de *L'Art poétique* d'Horace.

coup, cette société a été mise, comme l'empereur Claude, sur le tribunal souverain. Elle est devenue un public tout neuf et tout usé ; mais ce public s'est trouvé puissant parce qu'il était immobile et compact. Aussi a-t-il été insensible à toutes les cajoleries des écrivains qui foisonnaient autour de lui, parce qu'il a la manie d'acheter les bons livres. C'est lui qui a eu la simplicité de prendre soixante mille exemplaires de Lamartine et quarante mille exemplaires de Béranger. C'était une puissance à flatter : aussi, tout en l'insultant, chacun a essayé d'en obtenir un regard.

D'abord, quelques auteurs ont imaginé de le piquer pour le réveiller ; les auteurs l'ont pris par les sentiments en se disant morts de la veille ; puis plusieurs l'ont chatouillé. Il est demeuré comme un vieux sultan, perdu de débauche, étalé sur son divan, pas plus ému de voir tomber des têtes que de contempler des monstres sans sexe. Alors, chaque auteur a eu l'idée de se construire un petit public à son usage, de se préparer sa gloire, de se tresser sa couronne en famille. De là est venue l'institution de l'*encensement mutuel* ou la camaraderie. Un Prométhée a surgi, qui a eu l'idée d'improviser un nouveau public à côté du vieux, espérant que ce dernier se fâcherait et s'occuperait d'une si audacieuse spéculation. Néant ! Le public a regardé son sosie applaudissant un drame pendant vingt soirées, sans daigner seulement saluer cet homme qui se produit comme un 89 littéraire, et s'imagine commander à un mouvement plus fort que lui.

Vous viendriez donc au milieu d'une crise sans exemple, et au moment où le public manque aux auteurs, où la littérature est mesquine devant la politique, où la poésie succombe sous les événements ; vous arriveriez au milieu de charlatans qui ont tous un paillasse, une grosse caisse, une clarinette, et vous seriez seule avec quelque ouvrage naturel, parmi des gens qui font des tours de force et montrent des pancartes signées par tous les souverains de l'Europe. Je ne sais quel roi donne à cet auteur glacial la croix du Sud ; cet autre, petit et chétif, a la décoration du Lion ; le pape accorde l'Éperon d'or à un homme qui, depuis dix ans, n'a pas su faire avancer la science ; l'Étoile polaire arrive à un chaud patriote, et l'ordre du Mérite à un libelliste qu'on ne salue plus. Enfin, le moindre cacographe est membre d'une société savante, et ceux qui ne savent rien ou ne peuvent pas écrire comptent les fontaines de Paris, examinent la couleur des numéros que le préfet impose aux maisons, et se prétendent occupés de statistique ; car la statistique est devenue à la mode, et c'est une position que de statistiquer.

Probablement, une oisiveté de quinze années nous pèse, et nous avons une impatience d'avenir qui nous fait tous piaffer, caracoler, tout essayer, tout laisser. C'est toujours cette même France, constante dans son inconstance, difficile à captiver. Sa littérature n'a pas de but : voilà le grand mot. Elle n'a rien à démolir, rien à construire. Nous avons mis la poésie dans la prose, et nous sommes tout étonnés de ne plus avoir de poésie ; nous avons fatigué toutes les situations, et nous voulons du drame ; nous ne croyons plus à rien, et nous voulons des croyances. Bref, un homme de génie est presque impossible au milieu d'une foule aussi puissamment intelligente. Napoléon commandait à des soldats silencieux, tandis qu'en littérature chacun s'adresse à des gens qui raisonnent. Or, quand chacun en sait assez pour se faire une opinion, il n'y a plus d'unité possible dans les doctrines, chaque homme est une opinion ; nous voulons tous notre piédestal. Vous voyez, madame, qu'il me sera bien difficile de vous satisfaire.

Il est cependant un principe d'une haute importance que je puis vous inculquer. Cette théorie sera le premier chapitre des Instructions que vous avez eu la bonté de me demander.

En littérature, nous avons aujourd'hui, madame, une sorte d'étiquette à laquelle doivent se soumettre la personne et le livre d'un auteur.

En un mot, il y a un costume à la mode, et ceci, je crois, est ce qui vous paraîtra le plus important. Il ne s'agit encore ni du style, ni des idées, ni du plan, ni du titre de votre livre, mais de la forme sous laquelle vous devez vous produire. Dieu me garde de percer le mystère dont vous enveloppez votre acte de naissance ! Mais cependant, apprenez que l'âge d'un auteur est, en ce moment, une question d'un haut intérêt. Nous aimons les fruits verts. Un jeune homme à peine débarrassé des langes universitaires, une jeune fille qui n'a pas encore fait sa première communion sont presque certains de captiver l'attention du public. La littérature a ses Liszt, ses Jules Regondi, ses Léontine Fay, qui sont censés quitter polichinelle pour faire des chefs-d'œuvre. Cette manie de jeunesse est peut-être un signe de décrépitude ; ou plutôt, le siècle n'étant pas encore majeur, il lui faut sans doute ses menins. Quoi qu'il en puisse être, nous avons la jeune France, de jeunes hommes, et nous voulons de jeunes idées, de jeunes livres, de jeunes auteurs. Aussi tout à coup les jeunes bambins se sont faits vieux, et nous avons été assaillis de grands enfants précoces : M. Victor Hugo, par exemple, était encore un enfant sublime le jour de son mariage. Vous rencontrez un homme en faux toupet que les journaux signalent comme un talent d'une haute espérance. M. Cousin est toujours ce jeune professeur qui, etc. Vous avez vu dans le salon de M. D... un gros garçon, espèce d'Hercule Farnèse à face de Silène, sans vous douter que c'était l'auteur d'un recueil de poésies, annoncé comme les premiers essais d'une jeune muse. Un de nos bons amis m'a dit avoir assisté à la délibération sérieusement bouffonne, où les conseils de mademoiselle E... M... ont décidé qu'elle aurait seize ans dans sa préface et vingt-cinq ans chez elle. Cet innocent charlatanisme a ses procédés, ses ressorts et sa boîte à fard. Vous m'avez demandé si M. Sainte-Beuve, ce critique si remarquable, n'était pas un vieux Rollin, un père Lebeau, en même temps que vous vous épreniez de belle passion pour l'infortuné Joseph Delorme... Voilà le secret d'être jeune ! À qui persuaderiez-vous que ces deux hommes sont le même auteur ? Joseph Delorme !... ce nom n'éveille-t-il pas des idées de jeunesse ? La castration des noms est donc une ruse à laquelle nous sommes tous pris. Est-ce que Jules de Rességuier vous fait l'effet d'un homme qui a femme et enfants, et qui juge des procès assis dans son fauteuil au Conseil d'État ? Vous avez beau vous nommer madame la comtesse d'O...t, si vous voulez être à la mode, vous signerez Jenny... Eussiez-vous quarante ans, nous accueillerons votre livre comme l'essai d'une jeune femme en qui le talent est inné.

Si vous vous nommiez *monsieur* ou *madame*, vous auriez l'air vieux ; présentez-vous avec votre nom de baptême, vous semblez jeune. La lithographie est complice de cette innocente tromperie. Les auteurs se font pourtraire, le col nu, les cheveux bouclés ; vous les prendriez pour des jeunes filles et vous les rencontrez à chaque étalage, les uns jouant sur des canapés, les autres perdus dans les nuages. Ils antidatent leurs figures et postdatent leurs livres. Ce sont des embryons qui font des œuvres posthumes.

Dans ma prochaine lettre, je vous expliquerai ce que c'est qu'un livre, un ouvrage ou une œuvre d'art. Je vous mettrai au fait, non pas de la mode qui règne aujourd'hui, mais de celle qui viendra l'année prochaine. Je vous apprendrai une poétique toute nouvelle. Vous choisirez entre la *phrase* sans idées, ou les *idées* sans la phrase, entre la *couleur* ou le drame, le *fantastique* ou le réel, entre un livre d'homme ou une pochade, entre l'intérêt de curiosité ou la beauté des détails. Mais, avant de vous écrire cette espèce de *Cuisinière bourgeoise* de la littérature moderne, je serai forcé de vous tracer un tableau qui comprendra toutes les productions remarquables de notre époque. Pour vous décrire la maladie à laquelle nous sommes en proie, il est nécessaire de vous peindre les phases que notre goût a subies, les gens qui l'ont corrompu, et ceux qui veulent le restaurer. Nous jetterons un coup d'œil sur l'Empire, et, après avoir vu ces ruines de Palmyre, je vous introduirai dans le sanctuaire de chacun de nos petits grands hommes…

Daignez agréer, madame, les hommages d'une vieille amitié.

vivent le costume. Nous tenions un grand œil
sur l'Histoire ... pour ... tion, vous restez dans
l'anim'... vous introduira dans le sanctuaire de
... culte ... nos petits grands hommes.

... d'ailleurs agréé, madame, les hommages d'une
vieille amitié.

De ce qui n'est pas
à la mode

CONNAÎTRE CE QUI EST À LA MODE, c'est une science. Cela s'étudie et s'apprend. Savoir ce qui n'est pas à la mode, c'est un instinct. Cela se devine et se sent.

Vingt journaux attentifs, mille élégants avoués vous avertissent de ce qui est convenable ; la toilette dont on s'informe, le livre dont on parle, le salon où l'on s'étouffe, le théâtre qui ne fait pas faillite sont à coup sûr à la mode. Trop d'indices assurés font aisément reconnaître un succès, pour qu'il y ait mérite à s'associer à la voix publique.

Mais ce qui n'est pas aussi manifeste, c'est ce qu'il faut abandonner, ce dont on ne parle plus, ce dont on n'a pas encore parlé, ce qu'il faut trahir, et les hommes et les choses qu'on ne doit jamais avoir connus.

En mode, faire est d'un grand talent, s'abstenir d'un beau génie.

Aussi combien peu l'on rencontre de ces hommes qui ne jettent jamais dans la conversation un mot qui ne dit plus ce que le dictionnaire lui faisait dire, et savent qu'il y a des plaisirs qui ne font plus partie de ceux de la bonne compagnie, et dont on ne doit jamais prononcer le nom !

On peut ne pas inviter l'homme qui ne se pâme pas à mademoiselle Taglioni ; mais il faut chasser celui qui propose d'aller à l'Opéra-Comique. Si j'étais femme, j'aimerais autant qu'on me demandât des nouvelles de l'amant qui m'a quittée.

Cette phrase : « Ce qui n'est pas à la mode », renferme dans sa courte contexture le catalogue complet des gloires déchues ; elle enserre dans sept petits mots l'histoire des mérites méconnus, et des sots reconnus ; des femmes passées et des beaux en perruque ; elle met sur la même ligne les banquiers économes, les juges inamovibles, les deux cent vingt et un, les voitures jaunes, les héros de juillet et les chiens anglais.

La plèbe de nos lecteurs s'imagine peut-être que nous faisons de la fatuité ou de la passion : nullement ; nous regardons et nous écrivons. En France, tout est mode : mais trois jours suffisent à user la gloire la plus haute, le succès le plus éclatant. Trois jours, c'est tout : le quatrième, on importune ; le cinquième, on ennuie ; le sixième, on vous hait, et l'on vous proscrit le septième. Ce fut le temps de faire le monde.

Électeurs, que pensez-vous de ces deux cent vingt et un que vous avez réélus comme l'espoir de la France, le salut de la patrie, la digne expression de nos vœux pour la liberté ? Ne vous semblent-ils pas au-dessous de leur mission ? N'ont-ils pas arrêté la Révolution dans sa course, au risque de la faire cabrer et de se voir jeter à terre comme des jockeys inhabiles ? Hargneux contre toute opposition, se pavanant de tout le danger dont on les a sauvés, et qu'ils n'ont pas couru ; ingrats envers la presse, haïssant et craignant la nouvelle génération, leurs jours de vogue sont passés. Au reste, c'est dans leur sein qu'on peut trouver toutes les nuances délicates de cette sorte d'exclusion qui les frappe tous. Ainsi, il sera juste de dire que M. Madier de Montjau n'est plus à la mode, que M. Charles-Dupin n'y a jamais été, que M. Thiers ne peut pas s'y mettre, et que M. Salvandy n'y sera jamais.

Ces messieurs des communes se fâcheront-ils de cette triste vérité ? Il ne le faut pas. De plus méritants qu'eux subissent déjà cette conséquence de tout ce qui se fait remarquer quelques jours. Demandez aux gens du pouvoir ce qui est à la mode dans leurs bureaux. Est-ce cette brave jeunesse qui a combattu dans les rues de Paris, ces hommes de conscience qui ont sacrifié, sous Charles X, leur fortune au maintien des bonnes doctrines ? Point. Le pouvoir les méconnaît, les dénigre, les chasse. Il y a tel ministère, tout barricadé de canaille jésuitique, où les lettres des réclamants sont interceptées, leur existence calomniée, leurs services méconnus, et où l'on n'a de chance d'obtenir ni justice ni réparation, à moins qu'on ne soit le valet d'un ancien valet de M. de Villèle. Les patriotes ne sont pas à la mode au pouvoir.

Brave peuple français, que cela ne t'étonne pas. Dans de plus grands intérêts, tu as prononcé des arrêts aussi injustes. Gens du monde, ne vous souvient-il plus que, malgré sa beauté séraphique, M. de Beauvais fut obligé de céder la palme des oratoires à M. de Paris, et que le violon de Tolbecque a détrôné le flageolet de Collinet ?

Si nous nous occupons aujourd'hui de ce sujet, c'est qu'il y a eu révolution dans la mode comme dans le monde politique ; c'est que les fusillades de juillet ont tué bien d'autres gens que les morts du Louvre, de Grenelle et de la fontaine des Innocents ; elles ont détruit bien d'autres existences que celles d'un roi, de sa famille et de sa cour.

Les petites soirées littéraires, les petites adulations poétiques, les engouements romantiques de la coterie et les bouffonneries classiques de l'Académie sont restés sur place ; toutes ces petites voix aigres qui se louangeaient se sont perdues dans le cri populaire qui s'est élevé. C'est au point que M. Émile Deschamps est obligé de se mettre devant sa glace pour se dire à lui-même : « *Vous êtes un homme d'un beau génie.* » La littérature romantique n'est plus à la mode.

La petite littérature de M. Scribe s'y est noyée aussi. *Bertrand, Suzette, Stanislas,* toutes ces petites grimeries, assez drôles sous le régime des censeurs, n'ont pu supporter le grand air ni le grand jour de la liberté. Le Gymnase n'est plus à la mode.

Voyez comme nous courions insensiblement, il y a six mois, aux mœurs de la Régence ! L'oisiveté, le luxe envahissaient les esprits élégants ; les longs soupers, les nuits sans sommeil, les femmes équivoques, le rire de tout et sur tout, les voitures et les vins exquis, tous ces éléments d'une vie débauchée s'appelaient *fashionable* : encore deux ans, et nous aurions affecté la chemise débraillée, le gilet taché et l'allure incertaine. Juillet a mis fin aux orgies ; elles ne sont plus de mode.

Ce qui n'est pas à la mode, c'est ce gros patriote proscrit sous la Restauration, qui voudrait que quinze ans de repos lui eussent gagné trois grades dans l'armée.

Ce qui n'est pas à la mode, c'est ce petit monsieur, écrivain pamphlétaire il y a quelques jours, et maintenant administrateur inhabile et impudent ; c'est cet écolier, devenu préfet pour avoir suivi assidûment un cours d'histoire ; c'est ce carliste rampant, qui effrayait M. de Polignac par son exagération et qu'on a trouvé suffisamment patriote pour lui donner un superbe emploi.

Ce qui n'est pas à la mode, c'est ce journal qui fait de l'aristocratie de principes devant l'impunité, après avoir été lâche dans les jours de danger ; c'est cette petite feuille ordurière et grasse, qui pue la chandelle et qui s'appelle *Corsaire* ; c'est ce monsieur qui s'est vu, lui seul, partout où l'on s'est battu, et ce libérateur de la patrie qu'on n'a vu nulle part.

Ce qui n'est pas à la mode surtout, c'est l'argent.

Physiologie
de la toilette

De la cravate,
considérée en elle-même
et dans ses rapports
avec la société et les individus

> Une cravate bien mise répand
> comme un parfum exquis dans
> toute la toilette ; elle est à la toi-
> lette ce que la truffe est à un
> dîner.

L A Révolution fut pour la toilette,
comme pour l'ordre civil et politique, un
temps de crise et d'anarchie ; elle amena
pour la cravate en particulier un de ces change-
ments organiques qui viennent, à des siècles
d'intervalle, renouveler la face des choses. Sous
l'Ancien Régime, chaque classe de la société avait
son costume ; on reconnaissait à l'habit le seigneur, le bourgeois, l'artisan. Alors, la cravate (si
l'on peut donner ce nom au col de mousseline
et au morceau de dentelle dont nos pères enve-
loppaient leurs cous) n'était rien qu'un vêtement

nécessaire, d'étoffe plus ou moins riche, mais sans considération, comme sans importance personnelle. Enfin les Français devinrent tous égaux dans leurs droits, et aussi dans leur toilette, et la différence dans l'étoffe ou la coupe des habits ne distingua plus les conditions. Comment alors se reconnaître au milieu de cette uniformité ? Par quel signe extérieur distinguer le rang de chaque individu ? Dès lors était réservée à la cravate une destinée nouvelle : de ce jour, elle est née à la vie publique, elle a acquis une importance sociale ; car elle fut appelée à rétablir les nuances entièrement effacées dans la toilette, elle devint le critérium auquel on reconnaîtrait l'homme comme il faut et l'homme sans éducation.

En effet, de toutes les parties de la toilette, la cravate est la seule qui appartienne à l'homme, la seule où se trouve l'individualité. De votre chapeau, de votre habit, de vos bottes, tout le mérite revient au chapelier, au tailleur, au bottier, qui vous les ont livrés dans tout leur éclat ; vous n'y avez rien mis du vôtre. Mais, pour la cravate, vous n'avez ni aide ni appui ; vous êtes abandonné à vous-même ; c'est en vous qu'il faut trouver toutes vos ressources. La blanchisseuse vous livre un morceau de batiste empesé ; selon ce que vous savez faire, vous en tirerez parti ; c'est le bloc de marbre entre les mains de Phidias ou d'un tailleur de pierres. Tant vaut l'homme, tant vaut la cravate. Et, à vrai dire, la cravate, c'est l'homme ; c'est par elle que l'homme se révèle et se manifeste.

Aussi est-ce une chose reconnue aujourd'hui de tous les esprits qui réfléchissent, que par la cravate on peut juger celui qui la porte et que, pour connaître un homme, il suffit de jeter un coup d'œil sur cette partie de lui-même qui unit la tête à la poitrine.

Ainsi, cette cravate empesée, raide, droite, sans un pli, au nœud plat, carré, symétrique, comme si le compas du géomètre y avait passé, vous annonce un homme exact, sec, égoïste.

Cette cravate en mousseline claire, sans empois, onduleuse, avec une rosette bouffante et prétentieuse, c'est un parleur élégant, diffus, fade ; un noticier.

Cette cravate en batiste, ni trop élevée, ni trop basse, assez lâche pour laisser au cou et à la tête toute la liberté de leurs mouvements, avec un nœud gracieux, mais naïf et simple, c'est un poète élégiaque.

Je m'arrête, pour ne pas déflorer en quelques lignes un sujet digne d'inspirer des volumes, tant il a d'intérêt, d'étendue et d'importance.

Considérés sous le rapport de la cravate, les hommes se divisent naturellement en trois grandes catégories.

D'abord, pour commencer par celle qui mérite le moins notre attention, se présente cette classe nombreuse d'hommes qui portent la cravate sans la sentir, ni la comprendre, qui chaque matin tournent un morceau d'étoffe autour de leur cou, comme on fait d'une corde ; puis, tout le jour, se promènent, mangent, vaquent à leurs affaires, et, le soir, se couchent et s'endorment, sans scrupule, sans remords, parfaitement satisfaits d'eux-mêmes, comme si leur cravate eût été mise le mieux du monde. Gens sans actualité, continuant le XVIIIe siècle au milieu du XIXe ; anachronismes vivants, trop nombreux, hélas ! à la honte du siècle de lumière, et que nous ne mentionnons ici que pour mémoire ; car, relativement à la cravate, ce sont des êtres négatifs.

Au-dessus d'eux immédiatement viennent ceux qui entrevoient ce qu'il y a de bien dans la cravate et ce qu'on en peut faire, mais qui, n'en pouvant tirer aucun parti par eux-mêmes, sont réduits à copier autrui. Esprits étroits, stériles, sans imagination, sans une seule idée à eux, ils étudient chaque jour le nœud qu'ils reproduiront le lendemain. Quelle estime faire de ce *servum pecus* [1] de la cravate ? Je les comparerai à ces hommes frivoles qui cherchent chaque matin, dans les gazettes, les idées qu'ils auront toute la

1. « Troupeau servile ».

journée, ou aux mendiants qui vivent des chari-
tés d'autrui.

Au premier rang, enfin, se placent ces hommes
forts et solides par eux-mêmes, qui sentent et
comprennent la cravate, qui la comprennent
dans ce qu'elle a d'essentiel et d'intime, avec cette
énergie d'intelligence, cette puissance de génie,
départies à ces mortels privilégiés *quos æquus
amavit Jupiter*[1]. Ceux-là n'ont ni maîtres ni
modèles, ils trouvent en eux de grandes, de
nobles ressources ; ils n'écoutent qu'eux-mêmes,
ils sont véritablement créateurs.

Car la cravate ne vit que d'originalité et de
naïveté ; l'imitation, l'assujettissement aux règles
la décolorent, la glacent, la tuent. Ce n'est ni
par étude ni par travail qu'on arrive à bien ; c'est
spontanément, c'est d'instinct, d'inspiration que
se met la cravate. Une cravate bien mise, c'est un
de ces traits de génie qui se sentent, s'admirent,
mais ne s'analysent ni ne s'enseignent. Aussi,
j'ose le dire avec toute la force de la conviction,
la cravate est romantique dans son essence ; du
jour où elle subira des règles générales, des principes fixes, elle aura cessé d'exister.

Et cependant, il s'est trouvé de par le monde
un baron de l'Empesé qui a publié *L'Art de mettre*

1. Allusion au vers 129 du livre VI de l'*Énéide*, de Virgile :
« Qui furent aimés de Jupiter propice » (trad. Maurice Rat,
GF-Flammarion, 1965, p. 134).

sa cravate ! *Art* et *cravate*, voilà de ces mots qui hurlent de se voir accouplés. Quelle confusion d'idées, et comme on juge un homme par un pareil trait ! Aussi faut-il le voir, ce baron de l'Empesé, avec son col en pointe, sa cravate droite comme un carton, son nœud sec et plat, les bouts ramassés en avant et attachés avec une épingle ; enfin tout ce qui se peut imaginer de plus *rococo*. Et son livre ! c'est à faire naître un ris inextinguible. Des divisions, des séparations de genres, des classifications, des prohibitions, toute une législation aristotélique, un véritable Code à la Boileau… Voilà comme on prépare des entraves au génie ; comme on l'emmaillote des langes de la routine ; comme on fournit des arguments et des textes à la médiocrité ; comme on pervertirait le goût public, s'il ne se trouvait des esprits fermes pour braver de ridicules obstacles, pour marcher en avant d'un pas assuré, et maintenir la cravate dans sa liberté native et dans son éclat.

Parmi eux, nous citerons un seul exemple, qui est des plus illustres, et qu'il sera toujours honorable de suivre. M. le prince de R…, aujourd'hui archevêque et cardinal, fut longtemps la gloire de la cravate. Vous ne l'eussiez pas vu défaire, essayer, recommencer à plusieurs reprises le nœud d'une même cravate. Il mettait dans cette partie de la toilette une ampleur, un grandiose qu'un petit esprit ne saurait comprendre. Vingt cravates étaient préparées devant lui ; il en prenait une, la mettait à son cou et la nouait d'une main sûre qui ne connaissait pas l'hésitation. Le nœud lui déplaisait-il ? il jetait la première cravate, en prenait une autre. Quelquefois, il en essayait jusqu'à dix, quinze, avant d'être satisfait de son œuvre ; car la cravate, expression de la pensée comme le style, est souvent rebelle comme lui. Mais, quand il était parvenu à reproduire dans sa cravate ce type sans pareil qu'il avait dans l'esprit, on admirait, on s'extasiait. Son âme était passée dans le tissu léger, et s'y manifestait tout entière. On y voyait cette aisance, cette liberté d'esprit, sans laquelle il n'est pas d'originalité, et surtout cette chaleur d'âme, ce feu brûlant qui se développa plus tard en zèle religieux, et devint une vocation au cardinalat.

qu'un paul-esprit ne saurait comprendre. Vingt
classes étaient prêchées devant lui, et un pré-
dicateur, la mémoire son cœur la bonne d'une
main sûre qui ne pouvait sûr. Il désignait la
dette lui déplorait-il et tenait la perte à être a
vous au prenant une autre. Quelque chose, il en
essayait d'autre dit, utilisé, avait d'une situation
de son œuvre sur la rivate expression de la
pensée comme le sage, est souvent rebelle
comme lui dire, quand il s'emparaient d'exprimer amère ou envoie ce type sans parole qu'il
avait dans lequel on a mutilation s'aperçoit qu'on
ne ce ne passe dans le nécessaire, comme une
en cour qu'une. On y avait peut-aboutit cette
l'ose dispute une manière il n'est pas d'une
trahie et s'il avait une chose d'ante, ce n'est plutôt que se développe plus étroite de la pensée.
Et d'autre, une vocation ne saurait.

DES HABITS REMBOURRÉS

LES MEILLEURS ESPRITS de nos jours réclament une réforme dans la toilette, mais je ne sache pas que, jusqu'ici, personne ait indiqué l'abus d'où naissent tous les autres, le vice fondamental qu'il faut corriger avant d'espérer aucune amélioration ; je veux dire l'ignorance complète où est le tailleur de l'importance de sa profession. Bien peu, sous ce rapport, s'élèvent au-dessus de l'artisan ; tous, ou peu s'en faut, font un habit, comme d'autres font des chaises et des tables. Et cependant, depuis que l'homme est sorti de l'état sauvage pour vivre en société, de quelle grave fonction se trouve chargé le tailleur ? Qu'on se figure aujourd'hui un homme nu, ses semblables le fuient, la société le repousse, il est condamné à vivre isolé, à retourner à l'état sauvage. Car qui dit *homme*, dans la civilisation, dit *homme habillé* ; l'homme sorti nu des mains de la nature est inachevé, pour l'ordre de choses où nous vivons ; c'est le tailleur qui est appelé à le compléter. Nous ne pouvons entrer dans le monde, y accomplir notre destinée qu'à la condition de passer par ses mains ; aussi, à peine sommes-nous jetés dans la vie, qu'il nous saisit, nous suit toujours, nous retient et nous enserre par tous les côtés ; nous ne lui échappons que pour entrer dans notre lit de mort. Et quel tailleur a jamais réfléchi à l'importance de pareilles fonctions ? Quel a jamais songé combien le sort d'un homme était étroitement lié à son habillement ?

Voyez-les dans les rues, se rendant chez leurs pratiques, auraient-ils si peu de noblesse et de dignité, s'ils comprenaient que, dans leur foulard, sous leur bras, ils portent un des éléments les plus essentiels d'une destinée d'homme ? Or, s'ils ne sentent point l'importance de leur profession, quelles études, quels soins, quels progrès pouvons-nous espérer d'eux ? quelle perfection attendre jamais de leurs travaux ?

Ainsi donc, pour quiconque désire sincèrement la régénération de la toilette, la première chose, c'est de faire sentir aux tailleurs toute la gravité de leurs fonctions ; qu'ils comprennent que, forcés d'avoir sans cesse recours à leur art, nous avons de grands devoirs à exiger d'eux ; qu'appelés par la société à revêtir le corps humain, tous leurs travaux, tous leurs efforts doivent tendre à en faire ressortir la grâce et la beauté. Alors seulement, ils s'élèveront jusqu'aux grands principes qui dominent leur art, ils en étudieront avec ardeur toutes les ressources, ils se feront hommes de conscience ; et bientôt nous verrons disparaître ces vêtements sans goût qui rendent l'homme difforme ou ridicule, et la toilette marchera d'un pas rapide vers la réforme où elle aspire.

Peut-être quelque jour traiterons-nous *ex-professo* de cette réforme ; aujourd'hui, nous n'en toucherons qu'une partie, nous n'attaquerons qu'un seul abus, mais grossier, et dont la persistance est toujours pour nous un grave sujet d'étonnement. Ces habits à collets et à revers rembourrés, drap au-dehors, carton en dedans, ne sont-ils pas le produit de la plus étrange aberration d'esprit ? Quel tailleur eût jamais imaginé d'affubler un homme d'un attirail si lourd, si disgracieux, s'il eût eu quelque sentiment du beau ? Que quelqu'un vous conseille de renoncer à tout ce que vous pouvez avoir de grâce et d'aisance, pour prendre un air de raideur et de gêne, vous croirez qu'il a perdu le sens ; car, sans l'aisance et la grâce, que reste-t-il à la beauté ? Eh ! bien, ce que cet homme vous conseillerait, vous le faites de vous-mêmes, vous qui mettez un habit bourré de grosse toile et de laine. Ayez en effet autour du cou un collet aussi épais, aussi compact, aussi dur que le collier d'un cheval ; au-devant de la poitrine, deux sortes d'ouvrages avancés, bombés en hémisphères, fermes, solides, et qui ne sauraient fléchir à moins d'un coup de poing ; puis, avec cela, essayez de donner quelque souplesse à vos bras, quelque grâce à votre corps : vous aurez toujours l'air raide, guindé et lourd comme l'habit qui vous couvre.

Pour moi, je suis encore à concevoir comment deux hommes ainsi vêtus peuvent se regarder sans rire. Un habit souple et flexible, au contraire, gracieux par lui-même, ne peut que donner une nouvelle grâce au corps ; il en suit tous les mouvements ; il prend toutes les formes qu'on lui veut donner. Je ne veux point agiter ici l'importante et difficile question de savoir si l'habit doit se porter ouvert ou fermé sur la poitrine, ni décider entre le style épanoui et le style boutonné ; quoi qu'il en soit du mérite de ces deux genres, il est incontestable que l'habit sans bourre n'a d'engagement exclusif avec aucun des deux, et qu'il convient, sous tous les points, à l'un et à l'autre. Aimez-vous à avoir la poitrine à découvert ? vous rejetez sur vos épaules vos revers sans bourrures, ils s'y tiendront renversés. Voulez-vous que la chemise et le gilet soient entièrement cachés ? votre habit souple et flexible se boutonne avec aisance, et vous n'aurez point la poitrine flanquée d'une cuirasse piquée et rembourrée comme le plastron d'un maître d'armes.

Si le système que je soutiens avait besoin de l'appui de quelque autorité, je pourrais citer l'exemple d'une nation entière, de l'Angleterre, cette terre classique des habits souples et sans bourrures. Peut-être quelques esprits étroits vont-ils m'accuser ici de manquer de nationalité, parce que je vais chercher mes modèles hors de mon pays. Mais je repousse les sots préjugés de haines nationales qui ne nous permettraient pas d'imiter ce qui est bien en quelque lieu qu'il soit. Tous les peuples sont frères, la philosophie l'a proclamé, et, s'ils sont encore séparés par des barrières factices, peut-être la toilette est-elle appelée à renverser ces barrières ; peut-être est-ce par des rapprochements dans le costume que commencera la fusion ; peut-être les peuples se traiteront-ils en frères, quand l'habillement ne les distinguera plus. Le sultan Mahmoud, par un instinct de génie, semble avoir senti cette vérité, lui qui, voulant incorporer son peuple à l'Europe, a commencé par le revêtir du frac européen.

Au reste, il ne faudrait pas remonter bien haut dans notre histoire pour y trouver l'habit sans bourrures dans son éclat. Qui ne connaît la souplesse de ce vêtement sous le Directoire et le Consulat ? Alors, les habits étaient aussi éloignés de toute raideur que les mœurs. Comment donc de ce qui était bien avons-nous rétrogradé vers ce qui était mal ? Comment l'habit bourré est-il venu à prévaloir ? J'ai consulté sur ce point un homme érudit en cette matière ; s'il faut l'en croire, cette mode daterait de 1815 : c'est aux poitrines rembourrées des officiers russes de l'armée alliée que nous aurions emprunté nos bourrures ; selon lui, ce serait un des plus funestes effets de l'invasion. Le manque d'originalité, qui fait la honte du caractère français, notre défaut de goût et d'habileté dans l'imitation, rendent cette origine assez peu probable. Toutefois, sans en contester la réalité, je ne veux voir là qu'une cause seconde et accidentelle, et je pense qu'il faut se placer dans un point de vue plus élevé pour découvrir la véritable cause, la raison philosophique.

En effet, dans l'état actuel des choses, la bourrure des habits n'est point un fait isolé, sans analogie ; elle me semble avoir sa cause dans un fait général du même genre, dans une certaine raideur qu'on remarque de toute part autour de nous, dans les mœurs, dans les lettres, dans les arts. Cette grosse toile gommée, qui sert à rendre si ferme nos revers d'habits, s'appelle, en langue technique, du *bougran* ; c'est le *bougran* qui donne aux choses simples et aisées en elles-mêmes une raideur artificielle. Eh ! bien, de tous côtés, sous mille noms, sous mille formes différentes, nous retrouvons le bougran.

Ce respect des convenances, cette hypocrisie puritaine qui pare les dehors sans améliorer les mœurs, c'est du bougran moral.

Cette empreinte politique qui s'applique à tout ce qui nous entoure, qui répand partout un froid ennui…, bougran constitutionnel.

Ces esprits consciencieux, solides, judicieux, mais ayant un vocabulaire à eux, parlant un langage scientifique, souvent obscur, prononçant avec morgue et d'un ton tranchant…, bougran philosophique.

La tragédie classique avec ses héros tout d'une pièce et ses tirades à effets…, bougran dramatique.

Ces écrivains corrects et purs, mais lourds et empesés…, bougran académique.

Ces tableaux à personnages si bien taillés, si bien fendus, si bien posés…, bougran de la peinture.

La danse noble avec ses poses lourdes, ses mouvements apprêtés, ses ritournelles de pirouettes…, bougran chorégraphique. Mettez un peu de bougran dans les membres de mademoiselle Taglioni, c'en est fait de son divin talent.

Je serais entraîné trop loin si je voulais poursuivre cette énumération. J'en ai dit assez pour montrer que les bourrures des habits tiennent à un fait général et périront avec lui. Déjà une guerre lui est universellement déclarée ; de tous côtés le bougran est battu en brèche. En littérature, en peinture, une nouvelle école combat avec ardeur pour la réforme. La régénération de la toilette a aussi de fervents apôtres. Tous les bons esprits ont rejeté les habits rembourrés ; je ne sais si je puis me féliciter d'avoir converti quelques retardataires. Dans tout ce qui tient au sentiment du beau, comment convaincre ? Beaucoup peut-être s'écrieront, après m'avoir lu : « Qu'est-ce que cela prouve ? » À cela je n'ai rien à répondre. Par quels arguments établir que telle chose est pleine de grâce, que telle autre est lourde et pesante ? Je n'ai pu que dire : ouvrez les yeux et regardez. Celui qui n'a point vu, c'est qu'il manque du sixième sens. Je le plains, mais je n'y puis que faire.

Heureusement, c'est une loi de l'ordre moral, que les esprits intelligents et éclairés marchent en avant et indiquent la route ; la masse les suit bon gré mal gré, plus ou moins vite ; elle adopte ce qui est bien, et le pratique souvent à son insu, sans le comprendre. Fions-nous donc au temps et à la marche nécessaire des choses pour établir et achever l'édifice des idées nouvelles en toilette. Déjà des mains habiles préparent et assemblent les matériaux ; heureux si je puis dire aussi, moi chétif, que j'ai apporté une pierre toute taillée au seuil du temple !

Physiologie du cigare

Les Parisiennes n'ont que deux antipathies : les crapauds et la fumée de tabac.
Je renoncerais à la plus belle maîtresse plutôt qu'à mon cigare !

UN FUMEUR

Fumer, c'est voyager dans son fauteuil.

LAUTOUR-MÉZERAY

SEMBLABLE À UNE JOLIE FEMME, le Cigare a aussi ses adorateurs, ses favoris, ses victimes et ses détracteurs. Il séduit d'abord, enivre ensuite, et parfois entraîne à des excès nuisibles ceux qui s'y livrent. On voit le Cigare, et l'on désire en essayer ; on hésite, mais on en goûte ; on y retourne, et l'on s'y habitue. Bientôt après commence le chapitre des inconvénients. Chaque jour, ils se renouvellent, et l'on s'en aperçoit. Toujours ils augmentent, et l'on songe à s'en débarrasser. Mais alors, il n'est plus temps : l'usage du Cigare, caprice passager, devenu une habitude, est une nécessité, et, comme une maîtresse absolue, il tyrannise quand il a cessé de charmer, jusqu'à ce qu'enfin il soit sacrifié à un commencement de passion plus violente que celle qui s'éteint.

Le Cigare est une source de jouissances toutes personnelles et internes. Comme les liqueurs, le tabac en poudre, l'opium, il ne procure d'agrément qu'à celui qui en use, et éloigne les autres. C'est ce qui fait que les fumeurs ont tant de peine à y renoncer, et sont continuellement en butte aux reproches de ceux qui ont un goût différent, parce qu'un des principes de notre belle nature, c'est d'être intolérant pour les travers d'autrui.

Le fait est que, dans les pays où fumer n'est point coutume générale, pour une personne qui fait usage du Cigare, on en trouvera cent qui en redoutent l'odeur. Aussi, par égard pour cette considération, doit-on fumer chez soi ou dans les lieux consacrés *ad hoc*, et non point en promenades publiques, où, pour satisfaire un besoin égoïste, on incommode un grand nombre d'individus, surtout les femmes, qui préfèrent assez généralement l'odeur du musc à celle du tabac.

Dans tout ce que fait un animal raisonnable, il existe un motif qui le guide, et l'homme doit toujours faire en sorte que ce motif soit bon. Comme on ne vient pas au monde avec un Cigare à la bouche, et qu'il n'y a pas d'article de la Charte qui contraigne à l'y mettre, on n'est point, après tout, absolument obligé de l'adopter ici-bas, où, comme chacun sait, l'on peut fumer sans pipe. Ainsi donc, avant de se décider à prendre le titre de fumeur, il faut au moins avoir quelque raison qui y engage fortement. Plusieurs individus emploient le Cigare comme un remède, soit pour adoucir les maux de dents, soit pour soulager leur canal respirateur. Que ceux-là fument, c'est très bien ; qu'ils guérissent même, si c'est possible, et ce sera mieux encore.

Mais, comme tous les animaux ne sont pas également raisonnables, il en est bon nombre qui, sans motif aucun, s'implantent un Cigare dans la bouche, et qui, non contents d'en humer la fumée, de l'avaler même à s'en rendre malades, s'en vont jeter le peu qu'ils ne confisquent pas au détriment de leur santé à travers la physionomie de gens que cela n'amuse nullement.

Chez les uns, c'est désœuvrement ; et, pour ceux-là, humer, entretenir et surtout voir tourbillonner la fumée d'un Cigare, c'est tout à la fois un sujet d'occupation, d'amusement et d'admiration. Heureuses organisations !

Chez d'autres, comme chez les adolescents, par exemple, c'est un ton prématuré, un moyen de se donner *l'air homme*. Pour ces derniers, ils feront bien de renoncer à cette habitude, parce qu'elle est d'un pauvre genre là où elle n'est pas d'usage ; et puis, mieux vaut qu'ils fassent l'application de leurs dispositions viriles sur des choses plus utiles, et surtout moins nuisibles à leurs poumons.

Il est une circonstance, la seule où je fume, où l'emploi rare et modéré du Cigare trouve un motif plausible, en ce qu'il procure une jouissance véritable, mais seulement à ceux qui ne sont point fumeurs de profession. C'est dans ces moments d'abattement moral où l'esprit, engourdi, refuse toute activité à l'imagination et jette l'âme dans la mélancolie. Alors, il suffit de fumer un Cigare pendant quelques instants, d'en avaler quelques gorgées, et aussitôt, comme par enchantement, la tête se débrouille, l'esprit s'éclaircit, une émotion tumultueuse vient remplacer l'insouciance des sens, et un pouvoir inconnu ranime toutes les facultés auparavant assoupies. C'est-à-dire que la fumée, qui produit le même effet que les vapeurs du vin, commence à opérer, et c'est le moment de cesser, sous peine de ressentir bientôt les inconvénients de l'ivresse.

Pour continuer à éprouver le bienfait de cette espèce de remède, il faut en user rarement, et toujours avec modération ; car, autrement, chaque nouvel essai lui faisant perdre un degré de son intensité, il finirait par dégénérer en habitude, et par ne plus produire les mêmes résultats.

Il est certains pays, principalement ceux à température brûlante, où fumer est une fonction dont chacun s'acquitte comme de boire et de manger, et il n'est même pas rare de voir quelques femmes du peuple le Cigare à la bouche. Là, tous les lieux publics ou de réunion sont transformés en autant de tabagies. Au théâtre, dès que le rideau est tombé, chacun fait sa *cigarette*, toutes les loges brillent du feu de mille étincelles lancées par les briquets, les Cigares sont allumés, et, pendant l'entr'acte, la salle est remplie de fumée. Elle n'incommode nullement les habitants, qui naissent, vivent et meurent au milieu de cette vapeur nécessaire à la purification d'un air malsain. Mais elle est désagréable pour les étrangers qui n'en ont pas l'habitude. Jamais je ne fus plus étonné de l'emploi que je vis faire du Cigare qu'à Mexico, lors du voyage que j'y fis.

Invité à une soirée, chez l'Alcade, où devait se trouver toute la noblesse de la ville, je m'y rends pour observer les mœurs de la haute société. Arrivé dans les antichambres, je sens une odeur de tabac qui me surprend ; étonné qu'on permette aux valets un passe-temps si incommode pour les maîtres, je parviens vite dans la salle du bal… Elle était remplie de fumée, et ce n'était qu'à travers un léger nuage formé par cette vapeur qu'on pouvait distinguer les objets. J'y fus témoin d'une valse très vive et très animée, pendant laquelle les danseurs fumaient, changeant alternativement leur Cigare de main avec autant de grâce que d'agilité, pour enlacer la taille de leurs danseuses, et celles-ci, emportées par l'ardeur de la danse, enivrées par l'odeur du tabac et le bruit des instruments, s'abandonnaient avec complaisance, et semblaient savourer avec volupté les épaisses bouffées que lançaient leurs cavaliers.

Proposez donc une valse à la cigarette aux coquettes de France et d'Angleterre.

« Ah ! fi donc ! quelle horreur ! » vous répondent-elles.

Autres pays, autres mœurs.

La femme
comme il faut

PAR UNE JOLIE MATINÉE, vous flânez dans Paris. Il est plus de deux heures, mais cinq heures ne sont pas sonnées. Vous voyez venir à vous une femme. Le premier coup d'œil jeté sur elle est comme la préface d'un beau livre, il vous fait pressentir un monde de choses élégantes et fines. Comme le botaniste à travers monts et vaux de son herborisation, parmi les vulgarités parisiennes vous rencontrez enfin une fleur rare.

Ou elle est accompagnée de deux hommes très distingués dont un au moins est décoré, ou quelque domestique en petite tenue la suit à dix pas de distance. Elle ne porte ni couleurs éclatantes, ni bas à jour, ni boucle de ceinture trop travaillée, ni pantalons à manchettes brodées bouillonnant autour de sa cheville. Vous remarquerez à ses pieds soit des souliers de prunelles à cothurnes croisés sur un bas de coton d'une finesse excessive ou sur un bas de soie uni de couleur grise, soit des brodequins de la plus exquise simplicité. Une étoffe assez jolie et d'un prix médiocre vous fait distinguer sa robe dont la façon surprend plus d'une bourgeoise : c'est presque toujours une redingote attachée par des nœuds et mignonnement bordée d'une ganse ou d'un filet imperceptible. L'inconnue a une manière à elle de s'envelopper dans un châle ou dans une mante, elle sait se prendre de la chute des reins au col, en dessinant une sorte de carapace qui changerait une bourgeoise en tortue, mais sous laquelle elle vous indique les plus belles formes, tout en les voilant. Par quel moyen ? Ce secret, elle le garde sans être protégée par aucun brevet d'invention. Artistes, poètes, amants, vous tous qui adorez le beau idéal, cette rose mystique du génie heureusement interdite à la mécanique, flânez et admirez cette fleur de beauté si bien cachée, si bien montrée ! La coquette se donne par la marche un certain mouvement concentrique et harmonieux qui fait frissonner sous l'étoffe sa forme suave ou dangereuse, comme à midi la couleuvre sous la gaze verte de son herbe frémissante. Doit-elle à un ange ou à un diable cette ondulation gracieuse qui joue sous la longue chape de soie noire, en agite la dentelle au bord, répand un baume aérien, et que je nommerais volontiers la brise de la Parisienne ? Vous reconnaîtrez sur les bras, à la taille, autour du col, une science de plis qui drape la plus rétive étoffe, de manière à vous rappeler la Mnémosyne antique. Ah ! comme elle entend, passez-moi cette expression, « la coupe de la démarche » ! Examinez cette façon d'avancer le pied en moulant la robe avec une si décente précision qu'elle excite chez le passant une admiration mêlée de désir, mais comprimée par un profond respect. Quand une Anglaise essaie de ce pas, elle a l'air d'un grenadier qui se porte en avant pour attaquer une redoute. À la femme de Paris le génie de la démarche ! Aussi la municipalité lui devait-elle l'asphalte des trottoirs. Votre inconnue ne heurte personne. Pour passer, elle attend avec une orgueilleuse modestie qu'on lui fasse place. La distinction particulière aux femmes bien élevées se trahit surtout par la manière dont elle tient le châle ou la mante croisés sur sa poitrine. Elle vous a, tout en marchant, un petit air digne et serein, comme les madones de Raphaël dans leur cadre. Sa pose, à la fois tranquille et dédaigneuse, oblige le plus insolent dandy à se déranger pour elle. Le chapeau, d'une simplicité remarquable, a des rubans frais. Peut-être y aura-t-il des fleurs ; mais les plus habiles de ces femmes n'ont que des nœuds. La plume veut la voiture, les fleurs attirent trop le regard. Là-dessous vous voyez la figure fraîche et reposée d'une femme sûre d'elle-même sans fatuité, qui ne regarde rien et voit tout, dont la vanité blasée par une continuelle satisfaction répand sur sa physionomie une indifférence qui pique la curiosité. Elle sait qu'on l'étudie, elle sait que presque tous, même les femmes, se retourneront pour la revoir. Aussi traverse-t-elle Paris comme un fil de la Vierge, blanche et pure. Cette belle espèce affectionne les latitudes les plus chaudes, les longitudes les plus propres de Paris ; vous la trouverez entre la 20e et la 110e arcade de la rue de Rivoli ; sous la Ligne des Boulevards, depuis l'Équateur ardent des Panoramas où fleurissent les productions des Indes, où s'épanouissent les plus chaudes créations de l'industrie, jusqu'au cap de la Madeleine ; dans les contrées les moins crottées de bourgeoisie ; entre le 30e et le 150e numéro de la rue du Faubourg-Saint-Honoré. Durant l'hiver, elle se plaît sur la terrasse des Feuillants et point sur le trottoir en bitume qui le longe. Selon le temps, elle vole dans l'allée des Champs-Élysées, bordée à l'est par la place Louis-XV, à l'ouest par l'avenue de Marigny, au midi par la chaussée, au nord par les jardins du faubourg Saint-Honoré. Jamais vous ne rencontrerez cette jolie variété de femme dans les régions hyperboréales de la rue Saint-Denis, jamais dans les Kamtchatka des rues boueuses, petites ou commerciales ; jamais nulle part par le mauvais temps. Ces fleurs de Paris éclosent par un temps oriental, parfument les promenades, et, passé cinq heures, se replient comme les belles-de-jour.

Les femmes que vous verrez plus tard, ayant un peu de leur air, essayant de les singer, sont des femmes *comme il en faut* ; tandis que la belle inconnue, votre Béatrix de la journée, est la *femme comme il faut*. Il n'est pas facile aux étrangers de reconnaître les différences auxquelles les observateurs émérites les distinguent, tant la femme est comédienne ! mais elles crèvent les yeux aux Parisiens : c'est des agrafes mal cachées, des cordons qui montrent leur lacis d'un blanc roux au dos de la robe par une fente entrebâillée, des souliers éraillés, des rubans de chapeau repassés, une robe trop bouffante, une tournure trop gommée. Vous remarquerez une sorte d'effort dans l'abaissement prémédité de la paupière. Il y a de la convention dans la pause. Quant à la bourgeoise, il est impossible de la confondre avec la femme comme il faut ; elle la fait admirablement ressortir, elle explique le charme que vous a jeté votre inconnue. La bourgeoise est affairée, sort par tous les temps, trotte, va, vient, regarde, ne sait pas si elle entrera, si elle n'entrera pas dans un magasin. Là où la femme comme il faut sait bien ce qu'elle veut et ce qu'elle fait, la bourgeoise est indécise ; retrousse sa robe pour passer un ruisseau, traîne avec elle un enfant qui l'oblige à guetter les voitures ; elle est mère en public, et cause avec sa fille ; elle a de l'argent dans son cabas, et des bas à jour aux pieds ; en hiver, un boa par-dessus une pèlerine en fourrure, un châle et une écharpe en été : la bourgeoise entend admirablement les pléonasmes de toilette.

Votre belle promeneuse, vous la retrouverez, si vous êtes susceptible de la retrouver, aux Italiens, à l'Opéra, dans un bal. Elle se montre alors sous un aspect si différent que vous diriez deux créations sans analogie. La femme est sortie de ses vêtements mystérieux comme un papillon de sa larve soyeuse. Elle sert, comme une friandise, à vos yeux ravis, les formes que le matin son corsage modelait à peine. Au théâtre, elle ne dépasse pas les secondes loges, excepté aux Italiens. Vous pourrez alors étudier à votre aise la savante lenteur de ses mouvements. L'adorable trompeuse use des petits artifices politiques de la femme avec un naturel qui exclut toute idée d'art et de préméditation. A-t-elle une main royalement belle, le plus fin croira qu'il était absolument nécessaire de rouler, de remonter ou d'écarter, celle de ses *ringlets* ou de ses boucles qu'elle caresse. Si elle a quelque splendeur dans le profil, il vous paraîtra qu'elle donne de l'ironie ou de la grâce à ce qu'elle dit au voisin, en se posant de manière à produire ce magique effet de profil perdu, tant affectionné par les grands peintres, qui attire la lumière sur la joue, dessine le nez par une ligne nette, illumine le rose des narines, coupe le front à vive arête, laisse au regard sa paillette de feu, mais dirigée dans l'espace, et pique d'un trait de lumière la blanche rondeur du menton. Si elle a un joli pied, elle se jettera sur un divan avec la coquetterie d'une chatte au soleil, les pieds en avant, sans que vous trouviez à son attitude autre chose que le plus délicieux modèle donné par la lassitude à la statuaire. Il n'y a que la femme comme il faut pour être à l'aise dans sa toilette, rien ne la gêne. Vous ne la surprendrez jamais, comme une bourgeoise, à remonter une épaulette récalcitrante, à faire descendre un busc insubordonné, à regarder si la gorgerette accomplit son office de gardien infidèle autour des deux trésors étincelants de blancheur, à se regarder dans les glaces pour savoir si la coiffure se maintient dans ses quartiers. Sa toilette est toujours en harmonie avec son caractère, elle a eu le temps de l'étudier, de décider ce qui lui va bien, car elle connaît depuis longtemps ce qui ne lui va pas. Pour être femme comme il faut, il n'est pas nécessaire d'avoir de l'esprit, mais il est impossible de l'être sans beaucoup de goût. Vous ne la verrez pas à la sortie, elle disparaît avant la fin du spectacle. Si par hasard elle se montre calme et noble sur les marches rouges de l'escalier, elle éprouve alors des sentiments violents. Elle est là par ordre, elle a quelque regard furtif à donner, quelque promesse à recevoir. Peut-être descend-elle ainsi lentement pour satisfaire la vanité d'un esclave auquel elle obéit parfois. Si votre rencontre a lieu dans un bal ou dans une soirée, vous recueillerez le miel affecté ou naturel de sa voix rusée ; vous serez ravi de sa parole vide, mais à laquelle elle saura communiquer la valeur de la pensée par un manège inimitable. L'esprit de cette femme est le triomphe d'un art tout plastique. Vous ne saurez pas ce qu'elle a dit, mais vous serez charmé. Elle a hoché la tête, elle a gentiment haussé ses blanches épaules, elle a doré une phrase insignifiante par le sourire d'une petite moue charmante, elle a mis une épigramme de Voltaire dans un « hein ! », dans un « ah ! », dans un « et donc ! ». Un air de tête a été la plus active interrogation, elle a donné de la signification au mouvement par lequel elle a fait danser une cassolette attachée à son doigt par un anneau. C'est des grandeurs artificielles obtenues par des petitesses superlatives : elle a fait retomber noblement sa main en la suspendant au bras du fauteuil comme des gouttes de rosée à la marge d'une fleur, et tout a été dit, elle a rendu un jugement sans appel, à émouvoir le plus insensible. Elle a su vous écouter, elle vous a procuré l'occasion d'être spirituel, et, j'en appelle à votre modestie, ces moments-là sont rares. Vous n'avez été choqué par aucune idée malsaine. Vous ne causez pas une demi-heure avec une bourgeoise sans qu'elle fasse apparaître son mari sous une forme quelconque ; mais si vous savez que cette femme est mariée, elle a eu la délicatesse de si bien dissimuler son mari qu'il vous faut un travail de Christophe Colomb pour le découvrir. Souvent vous n'y réussissez pas tout seul. Si vous n'avez pu questionner personne, à la fin de la soirée vous la surprenez à regarder fixement un homme entre deux âges et décoré, qui baisse la tête et sort. Elle a demandé sa voiture, et part. Vous n'êtes pas la rose, mais vous avez été près d'elle, et vous vous couchez sous les lambris dorés d'un délicieux rêve qui se continuera peut-être lorsque le Sommeil aura, de son doigt pesant, ouvert les portes d'ivoire du temple des fantaisies.

Chez elle, aucune femme comme il faut n'est visible avant quatre heures quand elle reçoit. Elle est assez savante pour vous faire toujours attendre. Vous trouverez tout de bon goût dans sa maison, son luxe est de tous les moments et se rafraîchit à propos, vous ne verrez rien sous des cages de verre, ni les chiffons d'aucune enveloppe appendue comme un garde-manger. Vous aurez chaud dans l'escalier. Partout des fleurs égayeront vos regards ; les fleurs, seul présent qu'elle accepte et de quelques personnes seulement : les bouquets ne vivent qu'un jour, donnent du plaisir et veulent être renouvelés ; pour elle, ils sont, comme en Orient, un symbole, une promesse. Les coûteuses bagatelles à la mode sont étalées, mais sans viser au musée ni à la boutique de curiosités. Vous la surprendrez au coin de son feu, sur sa causeuse, d'où elle vous saluera sans se lever. Sa conversation ne sera plus celle du bal. Ailleurs elle était votre créancière, chez elle son esprit vous doit du plaisir. Ces nuances, les femmes comme il faut les possèdent à merveille. Elle aime en vous un homme qui va grossir sa société, l'objet des soins et des inquiétudes que se donnent aujourd'hui les femmes comme il faut. Aussi pour vous fixer dans son salon sera-t-elle d'une ravissante coquetterie. Vous sentez là surtout combien les femmes sont isolées aujourd'hui, pourquoi elles veulent avoir un petit monde dont elles soient la constellation. La causerie est impossible sans généralités. L'épigramme, ce livre en un mot, ne tombe plus, comme pendant le XVIIIe siècle, ni sur les personnes, ni sur les choses, mais sur des événements mesquins, et meurt avec la journée. Son esprit, quand elle en a, consiste à mettre tout en doute, comme celui de la bourgeoise lui sert à tout affirmer. Là est la grande différence entre ces deux femmes : la bourgeoise a certainement de la vertu, la femme comme il faut ne sait pas si elle en a encore, ou si elle en aura toujours ; elle hésite et résiste, là où l'autre refuse net pour tomber à plat. Cette hésitation en toute chose est une des dernières grâces que lui laisse notre horrible époque. Elle va rarement à l'église, mais elle parlera religion et voudra vous convertir si vous avez le bon goût de faire l'esprit fort, car vous aurez ouvert une issue aux phrases stéréotypées, aux airs de tête et aux gestes convenus entre toutes ces femmes. « Ah ! fi donc ! je vous croyais trop d'esprit pour attaquer la religion ! La société croule et vous lui ôtez son soutien. Mais la religion, en ce moment, c'est vous et moi, c'est la propriété, c'est l'avenir de nos enfants. Ah ! ne soyons pas égoïstes. L'individualisme est la maladie de l'époque, et la religion en est le seul remède, elle unit les familles que vos lois désunissent », etc. Elle entame alors un discours néo-chrétien, saupoudré d'idées politiques, qui n'est ni catholique ni protestant, mais moral, oh ! moral en diable, où vous reconnaissez une pièce de chaque étoffe qu'ont tissue les doctrines modernes aux prises. Ce discours démontre que la femme comme il faut ne représente pas moins le gâchis intellectuel que le gâchis politique, de même qu'elle est entourée des brillants et peu solides produits d'une industrie qui pense sans cesse à détruire ses œuvres pour les remplacer.

Vous sortez en vous disant : Elle a décidément de la supériorité dans les idées ! Vous le croyez d'autant plus qu'elle a sondé votre cœur et votre esprit d'une main délicate, elle vous a demandé vos secrets ; car la femme comme il faut paraît tout ignorer pour tout apprendre, il y a des choses qu'elle ne sait jamais, même quand elle les sait. Seulement vous êtes inquiet, vous ignorez l'état de son cœur. Autrefois, les grandes dames aimaient avec affiches, journal à la main et annonces ; aujourd'hui la femme comme il faut a sa petite passion réglée comme un papier de musique, avec ses croches, ses noires, ses blanches, ses soupirs, ses points d'orgue, ses dièses à la clef. Faible femme, elle ne veut compromettre ni son amour, ni son mari, ni l'avenir de ses enfants. Aujourd'hui le nom, la position, la fortune ne sont plus des pavillons assez respectés pour couvrir toutes les marchandises à bord. L'aristocratie entière ne s'avance plus pour servir de paravent à une femme en faute. La femme comme il faut n'a donc point, comme la grande dame d'autrefois, une allure de haute lutte, elle ne peut rien briser sous son pied, c'est elle qui serait brisée. Aussi est-elle la femme des jésuitiques *mezzo termine*[1], des plus louches tempéraments, des convenances gardées, des passions

1. En italien : « moyen terme ».

anonymes menées entre deux rives à brisants. Elle redoute ses domestiques comme une Anglaise qui a toujours en perspective le procès en criminelle conversation. Cette femme si libre au bal, si jolie à la promenade, est esclave au logis ; elle n'a d'indépendance qu'à huis clos, ou dans les idées. Elle veut rester femme comme il faut. Voilà son thème. Or, aujourd'hui, la femme quittée par son mari, réduite à une maigre pension, sans voiture, ni luxe, ni loges, sans les divins accessoires de la toilette, n'est plus ni femme, ni fille, ni bourgeoise ; elle est dissoute et devient une chose. Les carmélites ne veulent pas d'une femme mariée, il y aurait bigamie ; son amant en voudra-t-il toujours ? Là est la question. La femme comme il faut peut donner lieu peut-être à la calomnie, jamais à la médisance. Elle est entre l'hypocrisie anglaise et la gracieuse franchise du XVIIIe siècle, système bâtard qui révèle un temps où rien de ce qui succède ne ressemble à ce qui s'en va, où les transitions ne mènent à rien, où il n'y a que des nuances, où les grandes figures s'effacent, où les distinctions sont purement personnelles. Dans ma conviction, il est impossible qu'une femme, fût-elle née aux environs du trône, acquière avant vingt-cinq ans la science encyclopédique des riens, la connaissance des manèges, les grandes petites choses, les musiques de voix et les harmonies de couleurs, les diableries angéliques et les innocentes roueries, le langage et le mutisme, le sérieux et les railleries, l'esprit et la bêtise, la diplomatie et l'ignorance, qui constituent la femme comme il faut. Des indiscrets nous ont demandé si la femme auteur est femme comme il faut : quand elle n'a pas du génie, c'est une femme comme il n'en faut pas.

Maintenant qu'est cette femme ? à quelle famille appartient-elle ? d'où vient-elle ? Ici la femme comme il faut prend les proportions révolutionnaires. Elle est une création moderne, un déplorable triomphe du système électif appliqué au beau sexe. Chaque révolution a son mot, un mot où elle se résume et qui la peint. Expliquer certains mots, ajoutés de siècle en siècle à la langue française, serait faire une magnifique histoire. Organiser, par exemple, est un mot de l'Empire, il contient Napoléon tout entier. Depuis cinquante ans bientôt nous assistons à la ruine continue de toutes les distinctions sociales ; nous aurions dû sauver les femmes de ce grand naufrage, mais le Code civil a passé sur leurs têtes le niveau de ses articles. Hélas ! quelque terribles que soient ces paroles, disons-les : les duchesses s'en vont, et les marquises aussi ! Quant aux baronnes, elles n'ont jamais pu se faire prendre au sérieux, l'aristocratie commence à la vicomtesse. Les comtesses resteront. Toute femme comme il faut sera plus ou moins comtesse, comtesse de l'Empire ou d'hier, comtesse de vieille roche, ou, comme on dit en italien, comtesse de politesse. Quant à la grande dame, elle est morte avec l'entourage grandiose du dernier siècle, avec la poudre, les mouches, les mules à talons, les corsets busqués ornés d'un delta de nœuds en rubans. Les duchesses aujourd'hui passent par les portes sans les faire élargir pour leurs paniers. Enfin l'Empire a vu les dernières robes à queue ! Je suis encore à comprendre comment le souverain qui voulait faire balayer sa cour par le satin ou le velours des robes à queue n'a pas établi pour certaines familles le droit d'aînesse et les majorats par d'indestructibles lois. Napoléon n'a pas deviné l'application du code dont il était si fier. Cet homme, en créant ses duchesses, engendrait des femmes comme il faut, le produit médiat de sa législation. La pensée, prise comme un marteau par l'enfant qui sort du collège ainsi que par le journaliste obscur, a démoli les magnificences de l'état social. Aujourd'hui, tout drôle qui peut convenablement soutenir sa tête sur un col, couvrir sa puissante poitrine d'homme d'une demi-aune de satin en forme de cuirasse, montrer un front où reluise un génie apocryphe sous des cheveux bouclés, se dandiner sur deux escarpins vernis ornés de chaussettes en soie qui coûtent six francs, tient son lorgnon dans une de ses arcades sourcilières en plissant le haut de sa joue, et fût-il clerc d'avoué, fils d'entrepreneur ou bâtard de banquier, il toise impertinemment la plus jolie duchesse, l'évalue quand elle descend l'escalier d'un théâtre, et dit à son ami pantalonné par Blain, habillé par Buisson, gileté, ganté, cravaté par Bodier ou par Perry, monté sur vernis comme le premier duc venu : « Voilà, mon cher, une femme comme il faut. »

Les causes de ce désastre, les voici. Un duc quelconque – il s'en rencontrait sous Louis XVIII et sous Charles X qui possédaient deux cent mille livres de rente, un magnifique hôtel, un domestique somptueux – pouvait encore être un grand seigneur. Le dernier de ces grands seigneurs français, le prince de Talleyrand, vient de mourir. Ce duc a laissé quatre enfants dont deux filles. En supposant beaucoup de bonheur dans la manière dont il les a mariés tous, chacun de ses hoirs n'a plus que cent mille livres de rente aujourd'hui, chacun d'eux est père ou mère de plusieurs enfants, conséquemment obligé de vivre dans un appartement, au rez-de-chaussée ou au premier étage d'une maison, avec la plus grande économie. Qui sait même s'ils ne quêtent pas une fortune ? Dès lors la femme du fils aîné n'est duchesse que de nom : elle n'a ni sa voiture, ni ses gens, ni sa loge, ni son temps à elle ; elle n'a ni son appartement dans son hôtel, ni sa fortune, ni ses babioles ; elle est enterrée dans le mariage comme une femme de la rue Saint-Denis dans son commerce ; elle achète les bas de ses chers petits enfants, les nourrit, et surveille ses filles, qu'elle ne met plus au couvent. Les femmes les plus nobles sont ainsi devenues d'estimables couveuses. Notre époque n'a plus ces belles fleurs féminines qui ont orné les grands siècles. L'éventail de la grande dame est brisé. La femme n'a plus à rougir, à médire, à chuchoter, à se cacher, à se montrer, l'éventail ne sert plus qu'à s'éventer ; et quand une chose n'est plus que ce qu'elle est, elle est trop utile pour appartenir au luxe.

Tout en France a été complice de la femme comme il faut. L'aristocratie y a consenti par sa retraite au fond de ses terres, où elle a été se cacher pour mourir, émigrant à l'intérieur devant les idées, comme à l'étranger devant les masses populaires. Les femmes qui pouvaient fonder des salons européens, commander l'opinion, la retourner comme un gant, dominer le monde, en dominant les hommes d'art ou de pensée qui devaient le dominer, ont commis la faute d'abandonner le terrain, honteuses d'avoir à lutter avec la bourgeoisie enivrée de pouvoir et débouchant sur la scène du monde pour s'y faire peut-être hacher en morceaux par les barbares qui la talonnent. Aussi, là où les bourgeois veulent voir des princesses, n'aperçoit-on que des jeunes personnes comme il faut.

Aujourd'hui les princes ne trouvent plus de grandes dames à compromettre, ils ne peuvent même plus illustrer une femme prise au hasard. Le duc de Bourbon est le dernier prince qui ait usé de ce privilège, et Dieu sait seul ce qu'il lui en coûte ! Aujourd'hui les princes ont des femmes comme il faut, obligées de payer en commun leur loge avec des amies, et que la faveur royale ne grandirait pas d'une ligne, qui filent sans éclat entre les eaux de la bourgeoisie et celles de la noblesse, ni tout à fait nobles, ni tout à fait bourgeoises. La presse a hérité de la femme. La femme n'a plus le mérite du feuilleton parlé, des délicieuses médisances ornées de beau langage ; il y a des feuilletons écrits dans un patois qui change tous les trois ans, de petits journaux plaisants comme des croque-morts, et légers comme le plomb de leurs caractères. Les conversations françaises se font en iroquois révolutionnaire d'un bout à l'autre de la France par de longues colonnes imprimées dans des hôtels où grince une presse à la place des cercles élégants qui y brillaient jadis.

Le glas de la haute société sonne, entendez-vous ! Le premier coup est ce mot moderne de femme comme il faut ! Cette femme, sortie des rangs de la noblesse, ou poussée de la bourgeoisie, venue de tout terrain, même de la province, est l'expression du temps actuel, une dernière image du bon goût, de l'esprit, de la grâce, de la distinction réunis, mais amoindris. Nous ne verrons plus de grandes dames en France, mais il y aura longtemps des femmes comme il faut, envoyées par l'opinion publique dans une haute chambre féminine, et qui seront pour le beau sexe ce qu'est le *gentleman* en Angleterre.

Voici le progrès : autrefois une femme pouvait avoir une voix de harengère, une démarche de grenadier, un front de courtisane audacieuse, les cheveux plantés en arrière, le pied gros, la main épaisse, elle était néanmoins une grande dame ; mais aujourd'hui, fût-elle une Montmorency, si les demoiselles de Montmorency pouvaient jamais être ainsi, elle ne serait pas femme comme il faut.

La femme
de province

EN ACCEPTANT POUR FEMMES celles-là seulement qui satisfont au programme arrêté dans la *Physiologie du mariage*, programme admis par les esprits les plus judicieux de ce temps, il existe à Paris plusieurs espèces de femmes, toutes dissemblables : il y a la duchesse et la femme du financier, l'ambassadrice et la femme du consul, la femme du ministre qui est ministre et la femme de celui qui ne l'est plus ; il y a la femme comme il faut de la rive droite et celle de la rive gauche de la Seine. Foi de physiologiste, aux Tuileries, un observateur doit parfaitement reconnaître les nuances qui distinguent ces jolis oiseaux de la grande volière. Ce n'est pas ici le lieu de vous amuser par la description de ces charmantes distinctions avec lesquelles un auteur habile ferait un livre, quelque subtile iconographie de plumes au vent et de regards perdus, de joie indiscrète et de promesses qui ne disent rien, de chapeaux plus ou moins ouverts et de petits pieds qui ne paraissent pas remuer, de dentelles anciennes sur de jeunes figures, de velours qui ne sont jamais miroités sur des corsages qui se miroitent, de grands châles et de mains effilées, de bijouteries précieuses destinées à cacher ou à faire voir d'autres œuvres d'art.

Mais en province il n'y a qu'une femme, et cette pauvre femme est la femme de province ; je vous le jure, il n'y en a pas deux. Cette observation indique une des grandes plaies de notre société moderne. La jolie femme qui, vers avril ou mai, quitte son hôtel de Paris et s'abat sur son château pour habiter sa terre pendant sept mois, n'est pas une femme de province. Est-elle une femme de province l'épouse de cet Omnibus appelé jadis un préfet, qui se montre à dix départements en sept ans, depuis que les ministères constitutionnels ont inventé le Longchamp des préfectures ? La femme administrative est une espèce à part. Qui nous la peindra ? La Bruyère devrait sortir de dessous son marbre pour tracer ce caractère.

Oh ! plaignez la femme de province ! Ici l'encre devrait devenir blême, ici le bec affilé des plumes ironiques devrait s'émousser. Pour parler de cet objet de pitié, l'auteur voudrait pouvoir se servir des barbes de sa plus belle plume, afin de caresser ces douleurs inconnues, de mettre au jour ces joies tristes et languissantes, de rafraîchir les vieux fonds de magasin que cette femme impose à sa tête, de cylindrer ces étoffes délustrées, de repasser ces rubans invalides, remonter ces rousses dentelles héréditaires, secouer ces vieilles fleurs aussi artificieuses qu'artificielles, étiquetées dans les cartons, ou serrées dans ces armoires dont les profondeurs rappelleraient aux Parisiens les magasins des Menus-Plaisirs et les décorations des opéras qu'on ne joue plus ? Quel style peut peindre les couleurs passées de la bordure qui entoure le portrait de cette pâle figure ? Comment expliquer que les robes sont flasques en province, que les yeux sont froids, que la plaisanterie y est, comme les semestres des rentes sous l'Empire, presque toujours arriérée ; que les cœurs souffrent beaucoup, et que le laisser-aller général de la femme de province vient d'un défaut de culture de ce même cœur infiniment négligé, mal entretenu, peu compris. La femme de province a un cœur, et s'en sert très peu ou mal, ce qui est pis. Or la vie de la femme est au cœur, et non ailleurs. Aussi la sagesse des enseignes a-t-elle précédé les lois de la science médicale, en disant la « femme sans tête » pour exprimer une bonne femme, la vraie femme. Une femme heureuse par le cœur a un air ouvert, une figure riante ; jamais vous ne verrez une femme de province réellement gaie ou ayant l'air délibéré. Presque toujours le masque est contracté.

Elle pense à des choses qu'elle n'ose pas dire ; elle vit dans une sorte de contrainte, elle s'ennuie, elle a l'habitude de s'ennuyer, mais elle ne l'avouera jamais. J'en appelle à tous les observateurs sérieux de la nature sociale, une femme de province a des rides dix ans avant le temps fixé par les ordonnances du Code féminin, elle se couperose également plus promptement, et jaunit comme un coing quand elle doit jaunir ; il y en a qui verdissent. Les femmes de province ont des blessures à l'esprit et au cœur, blessures si bien couvertes par d'ingénieux appareils que les savants seuls savent les reconnaître, et si sensibles qu'il est difficile à un Parisien d'être une demi-journée avec une femme de province sans l'avoir touchée à l'une de ses plaies et lui avoir fait grand mal. Il a imité ces amis imprudents qui prennent leur ami par le bras gauche sans voir les bandelettes dont l'humérus est enveloppé et qui le grossissent. L'amour-propre impose silence à la douleur. L'ami ventousé par Hippocrate présente dès lors sa droite et refuse sa gauche à cette aveugle amitié. La femme de province, si elle rencontre un étourdi, ne sait bientôt plus quel côté présenter.

Sachons-le bien ! la France au XIXe siècle est partagée entre deux grandes zones : Paris et la province ; la province jalouse de Paris, Paris ne pensant à la province que pour lui demander de l'argent. Autrefois Paris était la première ville de province, la cour primait la ville ; maintenant Paris est toute la cour, la province est toute la ville. La femme de province est donc dans un état constant de flagrante infériorité. Aucune créature ne veut s'avouer un pareil fait, tout en souffrant. Cette pensée rongeuse opprime la femme de province. Il en est une autre plus corrosive encore : elle est mariée à un homme excessivement ordinaire, vulgaire et commun. Les gens de talent, les artistes, les hommes supérieurs, tout coq à plumes éclatantes s'envole à Paris. Inférieure comme femme, elle est encore inférieure par son mari. Vivez donc heureuse avec ces deux pensées écrasantes ! Son mari n'est pas seulement ordinaire, vulgaire et commun, il est ennuyeux, et vous devez connaître ce fameux exploit signifié à je ne sais quel prince, requête de M. de Lauraguais, par lequel on lui faisait commandement de ne plus revenir chez Sophie Arnoult, attendu qu'il l'ennuyait, et que les effets de l'ennui, chez une femme, allaient jusqu'à lui changer le caractère, la figure, lui faire perdre sa beauté, etc. À l'exploit était joint une consultation signée de plusieurs médecins célèbres qui justifiaient les dires de la signification. La vie de province est l'ennui organisé, l'ennui déguisé sous mille formes ; enfin l'ennui est le fond de la langue.

Que faire ? Ah ! l'on se jette avec désespoir dans les confitures et dans les lessives, dans l'économie domestique, dans les plaisirs ruraux de la vendange, de la moisson, dans la conservation des fruits, dans la broderie des fichus, dans les soins de la maternité, dans les intrigues de petite ville. Chaque femme s'adonne à ce qui, selon son caractère, lui paraît un plaisir. On tracasse un piano inamovible qui sonne comme un chaudron au bout de la septième année et qui finit ses jours, asthmatique, à la campagne. On suit les offices, on est catholique en désespoir de cause, l'on s'entretient des différents crus de la parole de Dieu ; l'on compare l'abbé Guinaud à l'abbé Ratond, l'abbé Friand à l'abbé Duret. On joue aux cartes le soir, après avoir dansé pendant douze années avec les mêmes personnes dans les mêmes salons. Cette belle vie est entremêlée de promenades solennelles sur le mail, sur le pont, sur le rempart, des visites d'étiquette entre voisins de campagne. La conversation est bornée au sud de l'intelligence par les observations sur les intrigues cachées au fond de l'eau dormante de la vie de province, au nord par les mariages sur le tapis, à l'ouest par les jalousies, à l'est par les petits mots piquants.

Un profond désespoir ou une stupide résignation, ou l'un ou l'autre, il n'y a pas le choix, tel est le tuf sur lequel repose cette vie féminine et où s'arrêtent mille pensées stagnantes qui, sans féconder le terrain, y nourrissent les fleurs étiolées de ces âmes désertes. Ne croyez pas à l'insouciance ! L'insouciance tient au désespoir ou à la résignation.

Quelque grande, quelque belle, quelque forte que soit à son début une jeune fille, née dans un département quelconque, elle devient bientôt femme de province. Malgré ses projets arrêtés, les lieux communs, la médiocrité des idées, l'insouciance de la toilette, l'horticulture des vulgarités l'envahissent nécessairement. L'être sublime et passionné que cache toute femme s'attriste, et tout est dit, la belle plante dépérit. Dès leur bas âge, les jeunes filles de province ne voient que des gens de province autour d'elles, elles n'inventent pas mieux, elles n'ont à choisir qu'entre des médiocrités, car les pères de province marient leurs filles à des garçons de province, et leur esprit s'y abâtardit nécessairement. Personne n'a l'idée de croiser les races. Aussi dans beaucoup de villes de province, l'intelligence est-elle devenue aussi rare que le sang y est laid. L'homme s'y rabougrit sous les deux espèces, la sinistre idée de la convenance des fortunes y domine toutes les conventions matrimoniales. J'y ai vu de belles jeunes filles, richement dotées, mariées par leur famille à quelque sot jeune homme du voisinage, enlaidies, après trois ans de

mariage, au point de n'être pas non point recon-
naissables, mais reconnues. Les hommes de génie
éclos en province, les hommes supérieurs sont
dus à des hasards de l'amour. Quand la femme
de province est devenue ce que vous la voyez, elle
veut alors justifier son état : elle attaque de ses
dents acérées comme des dents de mulot, les
nobles et terribles passions parisiennes ; elle
déchire les dentelles de la coquetterie, elle ronge
les beautés célèbres, elle entame le bonheur
d'autrui, elle vante ses noix et son lard rances,
elle exalte son trou de souris économe, les couleurs grises de sa vie et ses parfums monastiques.
Toute femme de province a la fatuité de ses
défauts. J'aime ce courage. Quand on a des vices,
il faut avoir l'esprit d'en faire des vertus.

L'infériorité conjugale et l'infériorité radicale
de la femme de province sont aggravées d'une
troisième et terrible infériorité qui contribue à
rendre cette figure sèche et sombre, à la rétrécir,
à l'amoindrir, à la grimer fatalement. Toute
femme est plus ou moins portée à chercher des
compensations à ses mille douleurs légales dans
mille félicités illégales. Ce livre d'or de l'amour
est fermé pour la femme de province, ou du
moins elle le lit toute seule, elle vit dans une
lanterne, elle n'a point de secrets à elle, sa maison
est ouverte et les murs sont de verre. Si, dans la
province, chacun connaît le dîner de son voisin,

on sait encore mieux le menu de sa vie, et qui vient, et qui ne vient pas, et qui passe sous les fenêtres, avant de passer par la fenêtre. La passion n'y connaît point le mystère. L'une des plus agréables flatteries que les femmes s'adressent à elles-mêmes est la certitude d'être pour quelque chose dans la vie d'un homme supérieur, choisi par elles en connaissance de cause, comme pour prendre leur revanche du mariage où elles ont été peu consultées. Mais, en province, s'il n'y a point de supériorité chez les maris, il en existe encore moins chez les célibataires. Aussi, quand la femme de province commet sa petite faute, s'est-elle toujours éprise d'un prétendu bel homme ou d'un dandy indigène, d'un garçon qui porte des gants, qui passe pour monter à cheval ; mais, au fond de son cœur, elle sait que ses vœux poursuivent un lieu commun plus ou moins bien vêtu.

Quand une femme de province conçoit une passion excentrique, quand elle a choisi quelque supériorité qui passe, un homme égaré par hasard en province, elle en fait quelque chose de plus qu'un sentiment, elle y trouve un travail, elle est occupée ! aussi étend-elle cette passion sur toute sa vie. Il n'y a rien de plus dangereux que l'attachement d'une femme de province. Elle compare, elle étudie, elle réfléchit, elle rêve, elle n'abandonne point son rêve, elle pense à celui qu'elle aime quand celui qu'elle aime ne pense plus à elle. Vous avez passé quelques mois en province, vous avez dit par désœuvrement quelques mots d'amour à la femme la moins laide du département ; là, elle vous paraissait jolie, et vous avez été vous-même. Cette plaisanterie est devenue sérieuse à votre insu. Madame Coquelin, que vous avez nommée Amélie, *votre* Amélie vous arrive à six ans de date, veuve et toute prête à faire votre bonheur, quand votre bonheur s'est beaucoup mieux arrangé. Ceci n'est pas de l'innocence, mais de l'ignorance. Vous la dédaignez, elle vous aime ; vous arrivez à la maltraiter, elle vous aime ; elle ne comprend rien à ce que l'on a si ingénieusement nommé *le français*, l'art de faire comprendre ce qui ne doit pas se dire. On ne peut éclairer cette femme, il faut l'aveugler.

Toutes ces impuissances de la province prennent les noms orgueilleux de sagesse, de simplicité, de raison, de bonhomie. On ne saurait imaginer la masse imposante et compacte que forment toutes ces petites choses, quelle force d'inertie elles ont, et combien tout est d'accord : langages et figures, vêtement et mœurs intérieures. Dans la toilette d'une femme de province, l'utile a toujours le pas sur l'agréable. Chacun connaît la fortune du voisin, l'extérieur ne signifie plus rien. Puis, comme le disent les sages, on s'est habitué les uns aux autres, et la toilette devient inutile. C'est à cette maxime que sont dues les monstruosités vestimentales de la province : ces châles exhumés de l'Empire, ces robes ou exagérées, ou mal portées, ou trop larges, ou trop étroites ! La mode s'y assied au lieu de passer. On tient à une chose *qui a coûté trop cher*, on ménage un chapeau. On garde pour la saison suivante une futilité qui ne doit durer qu'un jour.

Quand une femme de province vient à Paris, elle se distingue aussitôt à l'exiguïté des détails de sa personne et de sa toilette, à son étonnement secret et qui perce, ou ostensible et qu'elle veut cacher, excité par les choses et par les idées. Elle ne sait pas ! Ce mot l'explique. Elle s'observe elle-même, elle n'a pas le moindre laisser-aller. Si elle est jeune, elle peut s'acclimater ; mais passé je ne sais quel âge, elle souffre tant dans Paris, qu'elle retourne dans sa chère province. Ne croyez pas que la différence entre les femmes de province et les Parisiennes soit purement extérieure, il y a des différences d'esprit, de mœurs, de conduite. Ainsi la femme de province ne songe point à se dissimuler, elle est essentiellement naïve. Si une Parisienne n'a pas les hanches assez bien dessinées, son esprit inventif et l'envie de plaire lui font trouver quelque remède héroïque ; si elle a quelque vice, quelque grain de laideur, une tare quelconque, la Parisienne est capable d'en faire un agrément, cela se voit souvent ; mais la femme de province, jamais ! Si sa taille est trop courte, si son embonpoint se place mal, eh bien ! elle en prend son parti, et ses adorateurs, sous peine de ne pas l'aimer, doivent la prendre comme elle est, tandis que la Parisienne veut toujours être prise pour ce qu'elle n'est pas. De là ces tournures grotesques, ces maigreurs effrontées, ces ampleurs ridicules, ces lignes disgracieuses offertes avec ingénuité, auxquelles toute une ville s'est habituée et qui étonnent les Parisiens. Ces difformités orgueilleuses, ces vices de toilette existent dans l'esprit. À quelque sphère qu'elle appartienne, la femme de province montre de petites idées. C'est elle qui, à Paris, trouve de bon goût d'enlever à sa meilleure amie l'affection de son mari. Les femmes de province sont assez généralement enleveuses ; elles ressemblent à ces amateurs qui vont aux secondes représentations, sûrs que la pièce ne tombera pas. Elles ne savent pas se venger avec grâce, elles se vengent mal ; elles n'ont pas dans le discours ou dans la pensée l'atticisme moderne, ce *parisiénisme* (ce mot nous manque), qui consiste à tout effleurer, à être profond sans en avoir l'air, à blesser mortellement sans paraître avoir touché, à dire ce que j'ai entendu souvent : « Qu'avez-vous, ma chère ? » quand le poignard est enfoncé jusqu'à la garde. Les femmes de province vous font souffrir et vous manquent, elles tombent lourdement quand elles tombent ; elles sont moins femmes que les Parisiennes. Mais, ce qui dans tout pays est impardonnable, elles sont ennuyeuses, elles ont le bonheur aussi ennuyeux que le malheur, elles outrent tout. On en voit qui mettent quelquefois un talent infini à éviter la grâce.

La femme de province n'a que deux manières d'être : ou elle se résigne, ou elle se révolte. Sa révolte consiste à quitter la province et à s'établir à Paris. Elle s'y établit légitimement par un mariage et tâche de devenir Parisienne : elle y triomphe rarement de ces habitudes. Celle qui s'y établit en abandonnant tout ne compte plus parmi les femmes. Il est une troisième révolte qui consiste à dominer sa ville et à insulter Paris ; mais la femme assez forte pour jouer ce rôle est toujours une Parisienne manquée. Aussi la vraie femme de province est-elle toujours résignée.

Voici les choses curieuses, tristes ou bouffonnes qui résultent de la femme combinée avec la vie de province.

Une jeune fille s'est mariée ; elle était belle, elle reste encore pendant quelque temps belle malgré le mariage ; elle est proclamée une belle femme. La ville est fière de cette belle femme ; mais chacun la voit tous les jours, et quand on se voit tous les jours, l'observation se blase. Si cette belle femme perd un peu de son éclat, la ville s'en aperçoit à peine. Il y a mieux, une petite rougeur, on la comprend, on s'y intéresse : une petite négligence est adorée, une toilette qui ne se renouvelle pas est une concession à la philosophie du pays. D'ailleurs, la physionomie est si bien étudiée, si bien comprise, que les légères altérations sont à peine remarquées, et peut-être finit-on par les regarder comme des grains de beauté. Un Parisien passe par la ville, un de ses amis lui vante la belle madame une telle, il le présente à ce phénix, et le Parisien aperçoit un laideron parfaitement conditionné. Il arrive alors des aventures comme celle-ci. Un jeune homme a quelques jours d'exil à passer dans une petite ville de province, il y retrouve l'éternel ami de collège, cet ami de collège le présente à la femme *la plus comme il faut* de la ville, une femme éminemment spirituelle, une âme aimante et une belle femme. Le Parisien voit un grand corps sec étendu sur un prétendu divan, qui minaude, qui n'a pas les yeux ensemble, qui a passé quarante ans, couperosé, des dents suspectes, les cheveux teints, habillé prétentieusement, et le langage en harmonie avec le vêtement. Le Parisien fait contre bonne fortune mauvais cœur, et se garde bien de revenir à ce squelette ambitieux. Le Parisien moqueur félicite son ami de son bonheur, il le mystifie en prenant cet air convaincu que prennent les Parisiens pour se moquer. La veille de son départ, le Parisien, questionné par son ami sur l'opinion qu'il emporte de la petite ville, répond quelque chose comme : « Je me suis royalement ennuyé, mais j'ai toujours eu la plus belle femme de la ville ! » Le lendemain matin, l'ami le réveille ; armé d'une paire de pistolets, il vient lui proposer de se brûler la cervelle en lui posant ce théorème : « Si vous avez eu la plus belle femme de la ville, ce ne peut être que ma maîtresse. Allons nous battre, vous n'êtes qu'un infâme. »

On vous présente à la femme la plus spirituelle, et vous trouvez une créature qui tourne dans le même genre d'esprit depuis vingt ans, qui vous lance des lieux communs accompagnés de sourires désagréables, et vous découvrez que la femme la plus spirituelle de la ville en est simplement la plus bavarde.

Deux femmes également supérieures et toutes deux en province, où l'auteur de ces observations a eu la douleur de les trouver, expliquent admirablement le sort des femmes de province.

La première avait su résister à cette vie tiède et relâchante qui dissout la plus forte volonté, détrempe le caractère, abolit toute ambition, qui enfin éteint le sens du beau. Elle passait pour une femme originale, elle était haïe, calomniée, elle n'allait nulle part, on ne voulait plus la recevoir, elle était l'ennemi public. Voici ses crimes. Pour entretenir son intelligence au niveau du mouvement parisien, elle lisait tous les ouvrages qui paraissaient et les journaux ; et, pour jamais ne se laisser gagner par l'incurie et par le mauvais goût, elle avait une amie intime à Paris qui la mettait au fait des modes et des petites révolutions du luxe. Elle demeurait donc toujours élégante, et son intérieur était un intérieur presque parisien. Hommes et femmes, en venant chez elle, s'y trouvaient constamment blessés de cette constante nouveauté, de ce bon goût persistant. La priorité des modes et leur perpétuelle coïncidence avec leur apparition à Paris choquaient les femmes qui se trouvaient toujours en arrière d'une mode, et, comme disent les amateurs de courses, *distancées*. Une haine profonde s'émut, causée par ces choses. Mais la conversation et l'esprit de cette femme engendrèrent une bien plus cruelle aversion. Cette femme se refusait au clabaudage de petites nouvelles, à cette médisance de bas étage qui fait le fond de la vie en province. Elle ne souffrait chez aucun homme ni propos vides, ni galanterie arriérée, ni les idées sans valeur ; elle parlait des découvertes dans la science, dans les arts, dans des poésies nouvelles, des œuvres fraîches écloses au théâtre, en littérature ; elle remuait des pensées au lieu de remuer des mots. Elle fut atteinte et convaincue de pédantisme, chacun finit par se moquer effrontément de ses nobles et grandes qualités, d'une supériorité qui blessait toutes les prétentions, qui relevait les ignorances et ne leur pardonnait pas. Quand tout le monde est bossu, la belle taille devient la monstruosité. Cette femme fut donc regardée comme monstrueuse et dangereuse, et le désert se fit autour d'elle. Pas une de ses démarches, même la plus indifférente, ne passait sans être critiquée, dénaturée. Il résultait de ceci qu'elle était impie, immorale, dévergondée, dangereuse, d'une conduite légère et répréhensible. « Madame une telle, oh ! elle est folle » : tel fut l'arrêt suprême porté par toute la province.

La seconde avait deviné l'ostracisme que sa résistance lui vaudrait, elle était restée grande en elle-même, elle livrait son extérieur seulement à ces minuties. Ce fut à elle que je demandai le secret de l'amour en province, je ne voyais pas dans la journée une seule occasion de lui parler, dans toute la ville un seul lieu où l'on pût la voir sans qu'elle fût observée. « Nous souffrons beaucoup l'hiver, me dit-elle ; mais nous avons la campagne ! » Je me souvins alors qu'au mois d'avril ou de mai les jolies femmes d'une ville de province sont les premières à décamper. En province, la maison de campagne est le fiacre à l'heure de Paris. Quoique l'homme le plus spirituel de la ville, un homme d'avenir, disait-on, et qui fit un épouvantable *fiasco* à la Chambre, lui rendît des soins, cette femme mourut jeune et dévorée comme par un ver : la supériorité comporte une action invincible qui, au besoin, réagit sur celui que la nature a doué de ce don fatal.

Une des fatalités qui pèsent sur la femme de province est cette décision brusque et obligée dans les passions, qui se remarque souvent en Angleterre. En province, la vie est définie, observée, à jour. Cet état d'observation indienne force une femme à marcher droit dans son rail ou à en sortir vivement comme une machine à vapeur qui rencontre un obstacle. Les combats stratégiques de la passion, les coquetteries qui sont la moitié de la Parisienne, rien de tout cela n'existe en province. Il y a dans le cœur de la femme de province des *surprises* comme dans certains joujoux. Elle vous a parlé trois fois pendant un hiver, elle vous a serré dans son cœur à son insu ; vient une partie de campagne, une promenade, tout est dit ; ou si vous voulez, tout est fait. Cette conduite, bizarre pour ceux qui n'observent pas, a quelque chose de très naturel. Au lieu de calomnier la femme de province en la croyant dépravée, un poète, un philosophe, un observateur, comme l'a été Stendhal dans *Rouge et Noir*, devinerait les merveilleuses poésies inédites, savourées à elle seule, toutes les pages de ce beau roman dont le dénouement seul est connu de l'heureux sous-lieutenant ou du roué capitaine qui en profitent.

Paris est le monstre qui fait toutes ces victimes ; le mal a sept lieues de tour et afflige le pays entier. La province n'existe pas par elle-même. Là seulement où la nation est divisée en cinquante petits États, là chacun peut avoir une physionomie, et une femme y reflète alors l'éclat de la sphère où elle règne. Ce phénomène social existe encore en Italie, en Suisse et en Allemagne : mais en France, comme dans tous les pays à capitale unique, l'aplatissement des mœurs sera la conséquence forcée de la centralisation ; aussi les mœurs ne prendront-elles du ressort et de l'originalité que par une fédération d'États français formant un même empire, ce qui peut-être n'est pas à désirer. L'Angleterre ne jouit pas de ce malheur, elle a quelque chose de plus horrible dans son atroce hypocrisie, qui est un bien autre mal. Londres n'y exerce pas la tyrannie que Paris fait peser sur la France, et à laquelle le génie français finira par remédier. L'aristocratie anglaise (méditez bien ceci), qui comprend toutes les supériorités, qui les produit ou se les assimile, l'aristocratie couvre le sol ; elle vit dans ses magnifiques parcs, elle ne vient à Londres *que pendant deux mois*, ni plus ni moins ; elle est toute en province, elle y fleurit et la fleurit.

Londres est la capitale des boutiques et des spéculations, on y fait le gouvernement. L'aristocratie s'y recorde seulement pendant soixante jours, elle y prend ses mots d'ordre, elle donne son coup d'œil à sa cuisine gouvernementale, elle passe la revue de ses filles à marier et des équipages à vendre, elle se dit bonjour et s'en va promptement : elle ne se supporte pas elle-même plus que les quelques jours nommés *la saison*. Aussi, dans la perfide Albion du *Constitutionnel*, y a-t-il chance de rencontrer de charmantes femmes sur tous les points du royaume, mais de charmantes femmes anglaises !

La grisette

« Ses amours ont duré toute une semaine... »

L A GRISETTE EST UNE FRACTION trop importante de la société parisienne, comme aussi de l'existence des jeunes citadins, pour n'être pas examinée sous quelques-unes des faces qui composent son piquant ensemble. Par exemple, sous le titre de Grisette, nous nous permettons de comprendre indifféremment couturières, modistes, fleuristes ou lingères, enfin tous ces gentils minois en cheveux, chapeaux, bonnets, tabliers à poches, et situés en magasins, quoique, entre elles, ces petites industrielles tiennent prodigieusement à une classification distinctive qui inquiète fort peu quiconque n'est pas dans la partie.

Je ne me souviens plus où j'ai lu que, dans la bienheureuse Espagne, tous les bâtards étaient gentilshommes par droit de naissance, comme pouvant descendre d'une famille titrée, et que dans une scrupuleuse incertitude, noblesse leur était dûment adjugée. Aussi, comme la plupart des orphelins s'adonnent à la domesticité, rien n'est-il plus commun que de voir de simples roturiers servis par des laquais anoblis. Ce souvenir me revient à la mémoire à propos de la gent Grisette, qui, avec sa physionomie originale, forme une catégorie à part des autres classes. En remontant à la source pour en chercher la cause, il me semble qu'on la pourrait trouver dans la probabilité d'une naissance particulière ; d'où il résulte qu'elles seraient toutes anoblies si elles avaient vu le jour dans la Péninsule. Ainsi donc, à part les exceptions, tirées à un aussi grand nombre d'exemplaires que voudra le lecteur, je généraliserai ma supposition pour tout le reste, et dirai que la Grisette me semble être le *résultat-médium* de ces rapports passagèrement intimes entre deux presque-extrémités de l'échelle sociale : l'une, mâle et distinguée ; l'autre, féminine et seulement piquante ; toutes deux séparées par position, mais toutes deux rapprochées pendant un instant de la jeune vie par un besoin commun…, celui du plaisir.

Quelque étrange que puisse paraître, au premier abord, cette observation, à cause de sa nouveauté, elle doit trouver cependant des partisans après examen. Il suffit, pour la bien apprécier, de considérer l'existence de ces femmes-chiffons. On en trouve à peu près douze ou quinze dans un magasin de modes, de fleurs ou de coutures.

Sur ce nombre, huit ou dix vivent toujours seules, sans parents, sans famille, passant gaiement la vie entre le travail et les plaisirs, l'indigence et les amourettes. Si, dans ce long trajet, traversé par mille encombres, le ciel leur envoie des filles, elles les élèvent auprès d'elles, comme elles, dans leur état, dans leurs principes. Quant à ces dernières, dès que l'âge le leur permet, elles suivent par précepte ce refrain qu'elles ont appris en tirant l'aiguille :

> Tout comme a fait,
> Tout comme a fait ma mère !

Et ainsi se renouvelle sans cesse, par une rotation reproductive, cette classe à part, macédoine sociale, à laquelle appartiennent ces petits êtres gentils à croquer, à l'air fripon, au nez retroussé, à la robe courte, à la jambe bien prise, qu'on nomme Grisettes.

Ce qui constitue l'originalité de la Grisette, c'est de n'avoir pas de caractère qui lui soit spécialement particulier. Ses manières ne sont qu'un bariolage des habitudes qui distinguent les autres rangs de la société. La Grisette, dans ses courts instants de dignité, sait parfaitement singer la grande dame.

Exemple :

« Monsieur, je ne vous connais pas ! »

Elle possède toute la câline urbanité de la petite bourgeoise.

Exemple :

« Il est des êtres bien aimables !… »

Dans ses accès de sublimité, elle s'élève à la hauteur de toutes les sommités de ce genre.

Exemple :

« Dieu ! si un homme me battait !!! »

Enfin, lorsqu'elle se laisse aller à un familier abandon, elle rappelle la classe au-dessus de laquelle elle est cependant.

Exemple :

« Faut-il qu'un homme soit… cornichon ! »

Mais ce qui lui appartient réellement, ce qui forme le cachet distinctif de sa physionomie, c'est sa grande indépendance dans l'exercice du sentiment, ce qui ne ressemble pas précisément à de la vertu mais excuse au moins, jusqu'à un certain point, les fréquentes atteintes que cette dernière peut recevoir. Aucune autre ambition que celle du plaisir ne décide ses caprices. Ainsi, une passion honnête consciencieusement prouvée, des égards manifestés de temps à autre sous la forme d'une brioche, d'un billet de spectacle, ou d'une paire de gants ; une certaine dose de patience qui vous permette de prêter parfois votre bras pour la promenade, votre tête pour essayer des bonnets ou vos bas de soie pour danser au Ranelagh ; voilà de quoi faire tourner les plus fortes têtes de ces demoiselles et vous mériter les surnoms d'*Adonis ! – petit chat ! – mon amour ! – ma poule !* et autres jolies épithètes puisées dans un cours de mythologie appliqué à la tenue du sentiment en partie double.

Vouloir nier l'utilité de la Grisette, ce serait refuser de croire au mouvement. Comment donc assez louer, en effet, cette aptitude en tout genre, qui rattache indifféremment le bouton d'une culotte sentimentale, le nœud d'une cravate ou le ruban d'un bonnet fané ; cette apparence de gentillesse et de gracieuseté qui parfume les rues, embellit les magasins et charme d'humbles réduits. Voilà pour le pittoresque. Pour l'agréable, toute Grisette sait chanter juste et faire des crêpes. Pour l'utile, elle est rangée, quoique friande de distractions, et s'effraye des plaisirs coûteux. On a vu même la bourse d'un étudiant grossie des économies prescrites par une jolie compagne de fredaines, économies qui partaient en bloc, il est vrai, pour l'acquisition d'une robe ou d'un cachemire français, mais qui néanmoins avaient toujours été ravies au torrent de la dissipation.

Chaque Grisette réunit ici-bas la philosophie, l'épicurisme, le courage du travail et de la résignation. Ces vertus, propres aux grands caractères, lui sont indispensables à elle, pour, en arrivant au monde sans naissance, ni fortune, ni rang, se créer l'un et l'autre, se suffire à elle-même, multiplier ses moyens d'industrie ; pour savoir travailler sans cesse, prendre la fortune comme elle vient, ne faire qu'un passe-temps de liaisons formées légèrement et rompues plus légèrement encore ; enfin, pour saccader ainsi la vie au milieu d'un rapide tourbillon de plaisirs et de peines, de sentiment et de volupté, et rester toujours Grisette !

La reconnaissance
du gamin

UN JEUDI GRAS, vers les trois heures après midi, flânant sur les boulevards de Paris, j'aperçus au coin du faubourg Poissonnière, au milieu de la foule, une de ces petites figures enfantines dont l'artiste peut seul deviner la sauvage poésie. C'était un gamin, mais un vrai gamin de Paris !... Cheveux rougeâtres bien ébouriffés, roulés en boucle d'un côté, aplatis çà et là, blanchis par du plâtre, souillés de boue, et gardant encore l'empreinte des doigts crochus du gamin robuste avec lequel il venait peut-être de se battre ; puis, un nez qui n'avait jamais connu de pacte avec les vanités mondaines du mouchoir, un nez dont les doigts faisaient seuls la police ; mais aussi une bouche fraîche et gracieuse, des dents d'une blancheur éblouissante ; sur la peau, des tons de chair vigoureux, blancs et bruns, admirablement nuancés de rouge. Ses yeux, pétillants dans l'occasion, étaient mornes, tristes et fortement cernés. Les paupières, fournies de beaux cils bien recourbés, avaient un charme indéfinissable… Ô enfance !…

Vêtu à la diable, insouciant d'une pluie fine qui tombait, assis sur une borne froide, et laissant pendre ses pieds imparfaitement couverts d'une chaussure découpée comme le panneton d'une clé, il était là, ne criant plus : « À la chienlit !… lit !… lit !… », reniflant sans cérémonie. Pensif comme une femme trompée, on eût dit qu'il se trouvait là – chez lui. Ses jolies mains, dont les ongles roses étaient bordés de noir, avaient une crasse presque huileuse… Une chemise brune, dont le col, irrégulièrement tiré, entourait sa tête, comme d'une frange, permettait de voir une poitrine aussi blanche que celle de la danseuse la plus fraîche figurant dans un bal du grand monde…

Il regardait passer les enfants de son âge ; et toutes les fois qu'un petit bourgeois habillé en lancier, en troubadour, ou vêtu d'une jaquette, se montrait armé de la batte obligée, sur laquelle était un rat de craie… Oh ! alors… les yeux du gamin s'allumaient de tous les feux du désir !…

L'enfance est-elle naïve ?… me disais-je. Elle ne sait pas taire ses passions vives, ses craintes, ses espérances d'un jour !…

Je m'amusai pendant quelques minutes de la concupiscence du gamin. Oh ! oui ; c'était bien une batte qu'il souhaitait. Sa journée avait été perdue. Je vis qu'il gardait l'empreinte de plusieurs rats sur ses habits noirs. Il avait le cœur gros de vengeance... Ah ! comme ses yeux se tournaient avec amour vers la boutique d'un épicier dont les sébiles étaient pleines de fusées, de billes ; et où, derrière les carreaux, se trouvaient deux battes bien crayeuses placées en sautoir.

« Pourquoi n'as-tu pas de batte ?... » lui dis-je.

Il me regarda fièrement, et me toisa comme M. Cuvier doit mesurer M. Geoffroy-Saint-Hilaire quand celui-ci l'attaque inconsidérément à l'Institut.

« Imbécile !... semblait-il me dire, si j'avais deux sous, ne serais-je pas riant, rigolant, tapant, frappant, criant ?... Pourquoi me tenter ?... »

J'allai chez l'épicier. L'enfant me suivit, attiré par mon regard qui exerça sur lui la plus puissante des fascinations. Le gamin rougissait de plaisir, ses yeux s'animaient... Il eut la batte...

Alors, il la brandit ; et, pendant que je l'examinais, il m'appliqua, dans le dos d'un habit tout neuf, le premier exemplaire d'un rat, en criant d'une voix railleuse :

« À la chienlit !... lit !... lit !... »

Je voulus me fâcher.

Il se sauva en ameutant les passants par ses clameurs rauques et perçantes...

« À la chienlit !... lit !... lit !... »

Dans cet enfant il y a tous les hommes !...

Le petit mercier

GLOIRE À TOI, roi du mouvement ! souverain du temps et maître de l'espace ! Salut, être courageux, créature composée de salpêtre et de gaz carbonique... qui donnes des enfants à la France pendant tes nuits laborieuses et qui remultiplies, pendant le jour, ton individu, pour le service, la gloire et le plaisir de tes concitoyens !... Salut, toi qui as résolu le problème de suffire, à la fois, à une femme aimable, à ton ménage, au *Constitutionnel*, à ton bureau, à la garde nationale, à l'opéra, à Dieu, à tout... et qui tires parti de tout, transformant en écus *Le Constitutionnel*, ton bureau, l'opéra, la garde nationale, ta femme et Dieu !... Salut, prince des cumulards, irréprochable cumulard, cumulard intéressant, honte des oisifs ! image vivante de l'*utile dulci* [1] !

1. « L'utile à l'agréable ». Allusion au vers 343 de *L'Art poétique* d'Horace.

Pardonnez-moi cette incroyable hyperbole, mais encore un mot, et vous la chanterez à la gloire de l'homme en qui je veux célébrer l'UTILITÉ même !...

Levé tous les jours à cinq heures, il a franchi, comme un oiseau, l'espace qui sépare la rue de la Barillerie de la rue Montmartre ; et, qu'il vente, tonne, pleuve ou neige, il est au *Constitutionnel*, attendant la charge de journaux dont il a soumissionné la distribution ! Il reçoit ce pain politique avec avidité, le prend, le porte ; et, à neuf heures, il est au sein de son ménage, débitant un calembour à sa femme, lui dérobant un gros baiser, dégustant une tasse de café ou grondant ses enfants ! Puis, à dix heures moins un quart, il apparaît rue Garancière, à la mairie !...

Là, posé sur un fauteuil, comme un perroquet vert sur son bâton, jusqu'à quatre heures, il écrivasse, chauffé par la ville de Paris, inscrivant sans leur donner une larme ou un sourire, les décès et les naissances du 11e arrondissement !... Le bonheur, le malheur de tout un quartier passe par le bec de sa plume, comme l'esprit de M. Jay, la polémique de M. Étienne et l'encre de M. Chaigneau étaient naguère sur ses épaules... Rien ne lui pèse ! Il va toujours chanteronnant, prend son patriotisme tout fait dans le journal, ne contredit personne, crie ou applaudit avec tout le monde, et vit en hirondelle !...

À deux pas de Saint-Sulpice, il peut, en cas d'une cérémonie importante, laisser sa place au garçon de bureau, et aller chanter un *Requiem*, à ce lutrin dont il est, le dimanche et les jours de fête, le plus bel ornement, la voix la plus imposante, où il tord avec énergie sa large bouche en faisant tonner un joyeux « Amen ! »... Il est chantre !...

Libéré à quatre heures de son service officiel, il apparaît pour répandre la joie et la gaieté au sein de la boutique la plus célèbre qui soit en la cité. Sa femme est mercière. Il n'a pas le temps d'être jaloux ; car c'est plutôt un homme d'action que de sentiments. Aussi, dès qu'il arrive, il agace les demoiselles de comptoir, dont les yeux vifs attirent force chalands... Il se gaudit au sein des parures, des fichus, de la mousseline façonnés par ces habiles ouvrières ; ou, plus souvent encore, avant de dîner, il copie une page du journal ou porte chez l'huissier quelque effet en retard...

À six heures il est fidèle à son poste, et se trouve planté, soit à l'Opéra, soit aux Italiens, prêt à se formuler en soldat, en Arabe, en prisonnier, en sauvage, en paysan, en officier, en ombre, en patte de chameau, en lion, en diable, en génie, en Africain, en esclave, en grand seigneur..., toujours expert à faire de la joie, de la douleur, de la pitié, de l'étonnement, à pousser des cris, à se taire, à chasser, à se battre, à représenter Rome ou l'Égypte, mais toujours mercier au fond du cœur…

À minuit, il redevient bon mari, homme, tendre père, il se glisse dans le lit conjugal, l'imagination encore tendue par les formes décevantes des nymphes de l'Opéra, faisant ainsi tourner au profit de l'amour conjugal les dépravations du monde et les voluptueux ronds de jambe de la Taglioni !… Enfin s'il dort…, il dort vite, dépêchant son sommeil comme il dépêche sa vie…

Comme il est bel homme, il a obtenu la place lucrative de tambour-major de sa légion. Alors, les dimanches, il est, selon les vœux de l'Église ou du général La Fayette, ou chantre divin, rossignol liturgique, ou modèle des grâces, une sorte d'Apollon militaire, réglant la marche des tambours, et se balançant en tête de la garde nationale, comme une préface de Victor Hugo devant un volume de poésies !…

N'est-ce pas le mouvement fait homme, l'espace incarné, le cumul en chair et en os, le Protée de la civilisation ? C'est un homme qui résume tout : histoire, littérature, politique, gouvernement, religion, art militaire ! C'est une encyclopédie vivante et un atlas grotesque ; il porte le matin *Le Constitutionnel* ; pendant le jour, il stipule la vie et la mort ; le soir il représente le monde entier ! il est sans cesse en marche comme la société ! En lui tout est jambe !… Il cumule Dieu et le Diable, le gouvernement et l'opposition ; et, de ses huit industries, de ses épaules, de son gosier, de ses mains, de ses mollets, de sa femme et de son commerce, il retire, comme d'autant de fermes, des enfants, douze mille francs et le plus laborieux bonheur qui ait récréé cœur d'homme !... Ô mon voisin ! tu es, sans t'en douter, un symbole dont ta femme a seule la clef !... Va, cours, poursuis ta carrière... Te reposeras-tu jamais ?... Mort, ton chagrin serait d'être couché sans espoir de mouvement... Sois tranquille, tu trouveras encore de l'emploi parmi les ombres, et tu reviendras peut-être dans les romans nouveaux, soit comme esprit, soit comme génie !...

Gloire à toi, roi du mouvement ! (*Bis.*)

Nouvelle théorie
du déjeuner

Depuis quelques années, tout se renouvelle : doctrines, littérature, politique, et, si vous écoutez les *saints-simoniaques*, ils vous diront : « La religion aussi ! » L'état social, ce grand serpent dont la tête est si perfide et la queue si débile, semble vouloir faire *peau neuve*, mais malheureusement, ce « renouveau », pour parler la langue de Ronsard, n'agit pas encore sur les individus : nous voyons beaucoup de gens qui se survivent à eux-mêmes et se trouvent au milieu de la nouvelle France comme des hommes fossiles, débris d'un vieux monde impossible à reconstruire.

Au nombre des institutions qui ont péri, nous mettrons le déjeuner, car les principes nouveaux d'après lesquels se rédigent les déjeuners fashionables équivalent à une destruction complète de l'ancien système. S'il nous est permis d'exprimer notre opinion personnelle sur cette mode culinaire, nous n'hésiterons pas à regarder le dédain que le siècle affecte envers le déjeuner comme un grand malheur. Les habitudes parlementaires, les mœurs nouvelles, un caprice général, la nécessité peut-être, ont insensiblement fait reporter sur le dîner toute la responsabilité de la nutrition. Fatal système, qui ne tend à rien de moins qu'à multiplier les victimes de l'apoplexie, décimer plus promptement les oncles, les grands-parents, et à rendre la société moins spirituelle.

En effet, un homme, quelque pudibond que vous le supposiez dans la police de sa bouche, ne saurait se défendre d'un excès quand l'appétit ne s'exerce complètement qu'une fois par jour… Aussi voyez-vous maintenant tous les quadragénaires vider les sucriers comme par magie, afin d'envoyer des forces auxiliaires à leur estomac récalcitrant ; puis les jeunes gens alourdis devenir opaques, ternes, graves ; enfin les sexagénaires rester gisant sur les canapés, comme des boas ruminant un bœuf, mornes, monosyllabiques dans leurs réponses, entendant mal les requêtes des solliciteurs, ou plutôt n'écoutant que leur propre digestion. Pour peu qu'un drame passionné survienne, quel trouble dans ses organismes !… Les forces physiques, loin de se recruter insensiblement par quatre repas égaux, comme l'aurait été la Chambre par le système de la quinquennalité, sont révolutionnées brutalement et sans périodicité (l'heure du dîner est soumise à tant de chances !) ; alors de là naissent des générations poitrinaires, des bicéphales, des acéphales et bon nombre de gastrites...

Pour qui veut réfléchir, n'est-il pas prouvé que la supériorité de conversation dont a joui le XVIIIe siècle provenait de son admirable gastrologie ? Aussi nous sommes peut-être plus près des petits soupers qu'on ne le pense. La mesquinerie des déjeuners actuels nous amènera bientôt à une réforme générale. Le jour où une femme entreprenante aura créé chez elle un souper intime, la révolution sera faite et notre gaieté se restaurera. À la lueur des bougies, au feu des regards pétillera tout à coup cet esprit moqueur, léger, profond, qui donnait à une épigramme l'air d'une confidence, qui désarmait un mot de tout pédantisme, résumait un événement, mettait l'avenir dans une plaisanterie, et faisait rire deux ennemis... Nous ne nous aimerons pas davantage et ne nous haïrons pas moins, mais nous éviterons de passer les uns devant les autres comme des traîtres de mélodrame, nous souriant d'un œil et nous calomniant de l'autre. Tous les jours, à minuit, il y aura un armistice entre nos amitiés, et la médisance sera forcée d'être spirituelle en présence de tous, au lieu d'être froide et plate d'oreille à oreille. Qui s'opposerait à cette réaction ?... Mais nous nous sommes écarté de notre sujet.

En ce moment, le déjeuner n'est plus qu'un préjugé. Qui déjeune ?... quelques clercs de notaire, d'avoué, ou des entrepreneurs : vieilles mœurs !... Aujourd'hui, « déjeuner » est un mot ; mais ce n'est pas une chose, et un homme qui s'occuperait de cela comme d'un repas serait un homme jugé.

Cependant, le matin, presque tout le monde mange encore. Il y a donc un problème à résoudre. En voici la solution.

D'abord, sous peine de passer pour un marguillier, vous devez servir un déjeuner sans nappe. Soyez sûr que ceux qui garnissent leur table de linge en sont encore à lire le *Cours de littérature* de La Harpe, à se procurer *Zaïre* pour un franc cinquante centimes, afin de pouvoir suivre le débit de M. Lafon quand ils vont aux Français, ou à nous dire l'inscription du pont de Beaune, comme une chose curieuse.

La plus grande faute que l'on puisse commettre, après celle de mettre une nappe sur la table, est d'y laisser paraître une bouteille. La mode exige impérieusement qu'on ne boive que de l'eau le matin. Demander du vin, c'est avoir l'air d'un maçon, d'un ancien soldat du train, d'un vieux professeur émérite, d'un fiacre... Admirez le caprice des mœurs ! Vous pouvez presque réclamer un cigare, vous causerez moins d'étonnement... Il y a même une sorte de luxe à fumer dans un appartement élégant et à souiller un riche tapis... Mais du vin !... fi donc ! – N'alléguez pas votre santé, l'habitude ; ne mettez pas votre estomac en avant !... Ce serait avouer que vous êtes classique, perruquiniste ; enfin vous ne seriez pas un homme à la mode, vous feriez l'effet d'être un propriétaire éligible. Alors, votre amphitryon vous ferait servir du vin rouge ; amère plaisanterie ! car vous n'ignorez pas que le dernier sacrifice permis par la mode en faveur d'un *malade*, c'est un vin blanc, encore faut-il que ce soit de l'Ermitage ou du Limoux : le Champagne, et surtout le Champagne frappé de glace, est proscrit comme de mauvais ton jusqu'à sept heures du soir, moment où il reprend ses droits. Un homme qui boit du Champagne le matin est classé parmi ceux qui vont en habit par les rues avant cinq heures.

Quant au cigare ?... Nous sommes forcés d'avouer que beaucoup de modimanes fument... La pipe est devenue comme un délire : il est impossible de faire trois pas à Paris sans aspirer le nuage empesté de quelque insolent tabacolâtre. Ces horribles fumeurs vous imposent leur haleine empestée ; et tous prennent à plaisir le vent sur les femmes et les tabacophobes. M. Mangin, à qui la rue appartient, puisque les Chambres ne se sont pas révoltées contre cette absurde prétention, M. Mangin devrait s'occuper, lui qui a déjà enlevé ces demoiselles comme des corps saints, de parquer les fumeurs. L'estaminet est une institution ; la tabagie est l'endroit où l'on fume ; et un homme fumant dans la rue abuse de la liberté individuelle. Avouons que, si quelques jeunes gens élégants prostituent ainsi leur bouche, au moins c'est à un cigare de la Havane. Il y a entre un cigare espagnol et l'infernal *brûle-gueule* chargé du tabac de la régie la différence qui existe entre la Taglioni et les danseuses des Funambules. Le cigare a quelque chose de doux, de moelleux, de parfumé ; la pipe est horrible à sentir. Fumer un cigare, c'est une débauche ; mais fumer d'habitude, c'est avouer une dégradation intellectuelle. L'homme qui a le pouvoir de penser, de s'aventurer dans les heureuses et suaves campagnes de la rêverie, cet homme ne fume pas. La pipe est la méditation matérielle d'un sot : s'il fume, c'est qu'il n'ose pas jouer avec ses pouces.

Mais revenons à la mode gastronomique des déjeuners modernes.

Nous avons déjà deux principes invariables : pas de nappe, pas de vin. Seulement, si vous êtes entre jeunes gens, le cigare se tolère…

Poursuivons.

Ne vous avisez pas de proposer des huîtres !… cela sent le peuple et les cabarets. Quand les gens comme il faut ont la passion des huîtres, ils vont en Normandie.

Donner un pâté de foies gras, des rognons au vin de Champagne, des pieds truffés..., autant vaudrait porter des *socques articulés*. Il n'y a plus que les employés à douze cents francs, les choristes, les bedeaux, les gens qui vont au parterre, enfin tous ceux qui n'ont pas de quoi vivre, capables de combiner un déjeuner pareil...

Les personnes qui entendent la vie élégante proscrivent également la viande et le poisson, le matin.

Offrir du café au lait, ce n'est pas une faute, c'est un ridicule. Il n'y a plus que les portières qui prennent cette mixtion populacière. Quand même l'expérience ne prouverait pas que cette boisson attriste la fibre, charge l'estomac de saburres pernicieuses et débilite le système nerveux, il y a quelque chose qui parle plus haut que l'hygiène et que la mode, c'est la vanité. Le commun est impardonnable. Quand le sucre vaudra six francs la livre, peut-être le café au lait sera-t-il présentable. Pour le moment, le café ?... Cela sent le Marais, le faubourg, la vieille femme, c'est un souvenir de sénateur.

Le thé n'est pas plus cher, et, par une inexplicable bizarrerie, le thé est de très bon goût. Est-ce parce que son parfum possède une exquise délicatesse ? est-ce parce qu'il développe la sensibilité ?... Ne sondons pas les mystères de la mode. Ce sont des dogmes pour lesquels il faut la foi.

Mais plus nous cherchons une solution au problème que présente le déjeuner actuel, plus elle doit paraître impossible à trouver. Avouons donc ici que jamais difficulté ne fut plus ardue.

Mais croirait-on que la vie élégante soit une chose naturelle ? Pour ceux qui n'en ont pas le sentiment et qui roulent leur existence dans les halliers de quelques provinces, ou pour ceux qui se sont accroupis pendant vingt ans dans un commerce et qui veulent devenir *quelque chose*, la vie élégante est une science, et une science d'autant plus immense qu'elle embrasse toutes les autres sciences, qu'elle est de toutes les minutes.

Au surplus, avant peu, nous offrirons un traité complet sur cette matière importante. Ce sera une charte qu'on pourra violer à son aise tout comme l'autre.

Le déjeuner se trouve donc aujourd'hui l'écueil des disciples de la FASHION. Un maître, un modimane reconnaît le degré d'élégance auquel est parvenu son amphitryon, en jetant un coup d'œil sur la table. Le déjeuner est un *criterium*, c'est le *prodrome* de votre perfection personnelle, dirait M. Cousin.

Puisqu'il existe dans la vie fashionable une sorte d'horreur pour le bol alimentaire, horreur qui, du reste, cesse à six heures du soir, il faut donc amuser l'estomac d'une manière ingénieuse, éviter une digestion, et livrer l'intelligence tout entière aux affaires, sans l'obscurcir... Pour atteindre à ce but, le génie trouve d'immenses ressources dans les légumes, les œufs, les herbes, les fruits, le riz, les *mufflings*.

Menu élégant. Des œufs frais, – une salade, – un pilau, – beurre de Bretagne, – des fraises, – thé, – lait ou crème, – *soda water*, – *mufflings*.

Mais tout cela doit être servi sans symétrie, confusément, dans un désordre gracieux. Peut-être n'admirerez-vous pas ce menu comme il le mérite ? Lavater a bien vu que la physionomie se divisait en trois sections ; qu'un homme ressemble plus ou moins à un poisson, à un quadrupède, à un oiseau ; mais il n'a pas remarqué que l'homme-oiseau a la passion des graines : le pain, le riz, les lentilles, le maïs, le café, etc. ; que l'homme-quadrupède aime le fourrage : les salades, les épinards, les chicorées, etc. ; enfin que l'homme-poisson a le goût des sauces et boit beaucoup. Eh ! bien, examinez le menu proposé... Vous verrez que chaque nature d'homme y trouve sa substance, légère, appropriée à la circonstance ; un fashionable aura mangé, mais il n'aura pas le droit de dire : « J'ai déjeuné. » Seulement, il aura *pris quelque chose*, un rien ; c'est le mot de tout le monde, c'est-à-dire de la *jeune France*.

Depuis un an, la gastrolâtrie a perdu beaucoup de son importance. Il s'est fait une révolution gastronomique assez honorable pour notre époque. On commence à mépriser la table. La supériorité de l'intelligence étant de jour en jour plus sentie et plus désirée, chacun a compris tout ce que l'âme perdait de ressort dans ces luttes journalières, soutenues par l'organisme, à propos d'un repas. L'ambitieux mange peu, le savant est sobre, et l'homme à sentiment a l'obésité en horreur. Or où est le fashionable qui n'appartient à aucune de ces trois classes ? Ce dédain des jouissances gastronomiques fera nécessairement faire un pas gigantesque à la cuisine française : il s'agira pour elle de mettre le plus de substance possible sous la plus petite forme, de déguiser l'aliment, de donner d'autres formules à nos repas, de fluidifier les filets de bœuf, de concentrer le principe nutritif dans une cuillerée de soupe, et de remplacer l'intérêt d'un *suprême* par des intérêts plus puissants... C'est un progrès. Attendons l'avenir.

Le dimanche

DIEU, comme l'assure la Sainte Histoire, travailla pendant six jours et se reposa le septième. Et tous les catholiques, apostoliques, romains, qui n'ont pas créé le monde, qui même ne font pas grand-chose dans la semaine, se reposent le septième jour catholiquement, apostoliquement, romainement. Or, ce jour de délassement est le dimanche, et, comme chacun a le droit de se délasser à sa manière, c'est assez ordinairement celui où bon nombre de chrétiens se fatiguent le plus.

Ce jour de fête hebdomadaire :

Les dévotes vont promener leurs chiens ; de là, elles vont à l'église entendre la grand'messe, le sermon et les vêpres ; après quoi, elles passent charitablement le reste du jour à dénigrer le prochain.

L'étudiant récompense la grisette pour sa constance de toute la semaine, en allant reverdir sa fidélité dans les bois de Boulogne, de Romainville ou de Montmorency.

Les boutiquiers délogent dès le matin, et, les uns en citadines ou en tapissières, les autres en coucous ou à pied, ils se répandent dans la banlieue, et vont faire la fortune des restaurateurs de Versailles et de Saint-Cloud, de Montmartre et de Viroflay.

Protégé par Mademoiselle Françoise, le troupier dépose son briquet à la porte du musée, et interprète militairement tous les faits et gestes de M. Ajax ou de Notre-Seigneur Jésus-Christ.

Fort décontenancé de n'avoir ni réprimandes ni flagellations à administrer, le vertueux maître d'école bat son habit.

Le bourgeois, avec sa femme sous un bras, son épagneul et son parapluie sous l'autre, va voir les animaux au Jardin des Plantes.

L'homme du peuple emplit ses poches de tout ce que la maison renferme de monnaie, emmène madame son épouse et ses enfants à la barrière ; là, il se satisfait à dix sous la pinte, rentre chez lui après quelque aventure, bat sa femme, casse les meubles, puis s'endort très content de sa journée.

Le bureaucrate que ses fonctions retiennent toute la semaine de dix à quatre heures, et qui ne peut voir ses amis que le soir, fait ses visites afin de ne pas avoir l'air d'un oiseau de nuit. Sur les midi, il sort en habit noir, linge blanc, bottes éblouissantes, court les quatre coins de Paris sans rencontrer personne et rentre crotté, contrarié, éreinté.

Celui qui observe le plus religieusement le repos prescrit par les lois apostoliques et romaines, c'est l'homme aisé. Pour lui, le dimanche dure toute la semaine, et, le septième jour, il est condamné à l'inaction. En effet, tout le monde s'amuse ou en a l'air, tout le monde a une chemise blanche et un habit propre ; l'homme *comme il faut* peut-il faire comme *tout le monde* ? Aussi, aux Tuileries, point de fashionables, ni de toilettes de bon ton, le dimanche. Au bois de Boulogne, point d'équipages élégants, ni de fougueuses cavalcades ! Pour eux, point de spectacles, point de fête le jour où le plus grand nombre en profitent. Si la nécessité les force, par hasard, à sortir, leur mise simple par affectation les distingue des *endimanchés*. Enfin, pour ceux-là, le repos, c'est l'ennui !

*

Malheur aux citadins qui, par un beau temps, restent dans Paris le dimanche. Rien n'est plus triste ordinairement ; le matin, il n'y a de mouvement que celui du départ pour les environs ; le jour un silence monotone remplace le bruit habituel, et, le soir, toutes les boutiques fermées, les rues sombres et désertes attestent l'absence de la plupart des habitants.

Cependant, comme le jour du dimanche n'est pas plus long que les autres, ainsi que tous les autres, il finit à minuit, et, vers cette heure, renaissent l'agitation, la cohue et le bruit, fractions intéressantes des charmes de la grande ville. Affluant de tous les points circonvoisins vers un centre commun, des milliers de groupes débouchent par toutes les barrières, et emplissent les rues de leurs flots tumultueux. Les voitures se croisent, les piétons chantent, les ivrognes jurent, les enfants pleurent, et tous, également harassés, regagnent leur logis du plus loin qu'ils ont pu aller.

C'est ainsi que les Parisiens entendent le repos du septième jour.

Ce qui disparaît de Paris

ENCORE QUELQUES JOURS, et les piliers des Halles auront disparu, le vieux Paris n'existera plus que dans les ouvrages des romanciers assez courageux pour décrire fidèlement les derniers vestiges de l'architecture de nos pères ; car, de ces choses, l'historien grave tient peu de compte.

Quand les Français allèrent en Italie soutenir les droits de la couronne de France sur le duché de Milan et sur le royaume de Naples, ils revinrent émerveillés des précautions que le génie italien avait trouvées contre l'excessive chaleur ; et de l'admiration pour les galeries, ils passèrent à l'imitation. Le climat pluvieux de ce Paris, si célèbre par ses boues, suggéra les piliers, qui furent une merveille du vieux temps. On eut ainsi, plus tard, la place Royale.

Chose étrange ! ce fut par les mêmes motifs que, sous Napoléon, se construisirent les rues de Rivoli, de Castiglione, et la fameuse rue des Colonnes.

La guerre d'Égypte nous a valu les ornements égyptiens de la place du Caire. – On ne sait pas plus ce que coûte une guerre que ce qu'elle rapporte.

Si nos magnifiques souverains, les électeurs, au lieu de se représenter eux-mêmes en meublant de médiocrités la plupart de nos conseils en tout genre, avaient, plus tôt qu'ils ne l'ont fait, envoyé quelques hommes d'art ou de pensée au conseil général de la Seine, depuis quarante ans il ne se serait point bâti de maison dans Paris qui n'eût eu pour ornement, au premier étage, un balcon d'une saillie d'environ deux mètres. Non seulement alors Paris se recommanderait aujourd'hui par de charmantes fantaisies d'architecture, mais encore, dans un pays donné, les passants marcheraient sur des trottoirs abrités de la pluie, et les nombreux inconvénients résultant de l'emploi des arcades ou des colonnes auraient disparu. Une rue de Rivoli peut se supporter dans une capitale éclectique comme Paris ; mais sept ou huit donneraient les nausées que cause la vue de Turin, où les yeux se suicident vingt fois par jour. Le malheur de notre atmosphère serait l'origine de la beauté de la ville, et les appartements du premier étage posséderaient un avantage capable de contre-balancer la défaveur que leur impriment le peu de largeur des rues, la hauteur des maisons et l'abaissement progressif des plafonds.

À Milan, la création de la commission *del ornamento* qui veille à l'architecture des façades sur la rue, et à laquelle tout propriétaire est obligé de soumettre son plan, date du XIe siècle. Aussi, allez à Milan ! et vous admirerez les effets du patriotisme des bourgeois et des nobles de la ville, en admirant une multitude de constructions pleines de caractère et d'originalité.

Les vieux piliers des Halles ont été la rue de Rivoli XVe siècle, et l'orgueil de la paroisse Saint-Eustache. C'était l'architecture des îles Marquises : trois arbres équarris posés debout sur un dé ; puis, à dix ou douze pieds du sol, des solives blanchies à la chaux faisant un vrai plancher du Moyen Âge. Au-dessus, un bâtiment en colombage, frêle, à pignon, quelquefois découpé comme un pourpoint espagnol. Une petite allée, à porte solide, longeait une boutique, arrivait à une cour carrée, un vrai puits qui éclairait un escalier de bois, à balustres, par lequel on montait aux deux ou trois étages supérieurs ! Ce fut dans une maison de ce genre que naquit Molière ! À la honte de la ville, on a reconstruit une sale maison moderne en plâtre jaune, en supprimant les piliers. Aujourd'hui, les piliers des Halles sont un des cloaques de Paris. Ce n'est pas la seule des merveilles du temps passé que l'on voie disparaître.

Pour les flâneurs attentifs, ces historiens qui n'ont qu'un seul lecteur, car ils ne publient leurs volumes qu'à un seul exemplaire ; puis, pour ceux qui savent étudier Paris, mais surtout pour celui qui l'habite en curieux intelligent, il s'y fait une étrange métamorphose sociale depuis quelque trentaine d'années. À mesure que les exigences grandioses s'en vont, il en est de petites qui disparaissent. Les lierres, le lichen, les mousses sont tout aussi bien balayés que les cèdres et les palmiers sont débités en planches. Le pittoresque des choses naïves et la grandeur princière s'émiettent sous le même pilon. Enfin, le peuple suit le roi. Ces deux grandes choses s'en vont bras dessus bras dessous pour laisser la place nette au citoyen, au bourgeois, au prolétaire, à l'industrie et à ses victimes. Depuis qu'un homme supérieur a dit : « Les rois s'en vont ! » nous avons vu beaucoup plus de rois qu'autrefois, et c'est la preuve du mot. Plus on a fabriqué de rois, moins il y en a eu. Le roi, ce n'est pas un Louis-Philippe, un Charles X, un Frédéric, un Maximilien, un Murat quelconque : le roi, c'était Louis XIV ou Philippe II. Il n'y a plus au monde que le czar qui réalise l'idée de roi, dont un regard donne ou la vie ou la mort, dont la parole ait le don de la création, comme celle des Léon X, des Louis XIV, des Charles Quint. La reine Victoria n'est qu'une dogaresse, comme tel roi constitutionnel n'est que le commis d'un peuple à tant de millions d'appointements.

Les trois ordres anciens sont remplacés par ce qui s'appelle aujourd'hui des *classes*. Nous possédons les classes lettrées, industrielles, supérieures, moyennes, etc. Et ces classes ont presque toutes des régents, comme au collège. On a changé les tyrans en tyranneaux, voilà tout. Chaque industrie a son Richelieu bourgeois qui s'appelle Laffitte ou Casimir Perier, dont l'*envers* est une caisse, et dont le mépris pour ses mainmortables n'a pas la grandeur d'un trône pour *endroit* !

En 1813 et 1814, époque à laquelle tant de géants allaient par les rues, où tant de gigantesques choses s'y coudoyaient, on pouvait remarquer bien des métiers totalement inconnus aujourd'hui.

Dans quelques années, l'allumeur de réverbères, qui dormait pendant le jour, famille sans autre domicile que le magasin de l'entrepreneur, et qui marchait occupée tout entière, la femme à nettoyer les vitres, l'homme à mettre de l'huile, les enfants à frotter les réflecteurs avec de mauvais linges, et qui passait le jour à préparer la nuit, qui passait la nuit à éteindre et rallumer le jour selon les fantaisies de la lune, cette famille vêtue d'huile sera entièrement perdue.

La ravaudeuse, logée, comme Diogène, dans un tonneau surmonté d'une niche à statue faite avec des cerceaux et de la toile cirée, est encore une curiosité disparue.

Il faut faire une battue dans Paris, comme en fait un chasseur dans les plaines environnantes pour y trouver un gibier quelconque, et passer plusieurs jours avant d'apercevoir une de ces fragiles boutiques, autrefois comptées par milliers, et composées d'une table, d'une chaise, d'un gueux pour se chauffer, d'un fourneau de terre pour toute cuisine, d'un paravent pour devanture, pour toiture d'une toile rouge accrochée à quelque muraille, d'où pendaient de droite et de gauche deux tapisseries, et qui montraient aux passants soit une vendeuse de mou de veau, d'issues, de menues herbes, soit un rapetasseur, soit une marchande de petite marée.

Il n'y a plus de parapluies rouges, à l'abri desquels fleurissaient les fruitières, que dans les parties de la ville destituées de marchés. On ne revoit ces immenses champignons que rue de Sèvres. Quand la ville aura bâti des marchés là où les besoins de la population le demandent, ces parapluies rouges seront inexplicables, comme les coucous, comme les réverbères, comme les chaînes tendues d'une maison à l'autre au bout des rues par le quartainier, enfin comme tout ce qui disparaît dans le mobilier social. Le Moyen Âge, le siècle de Louis XIV, celui de Louis XV, la Révolution, et bientôt l'Empire, donneront naissance à une archéologie particulière.

Aujourd'hui, la boutique a tué toutes les industries *sub die* [1], depuis la sellette du décrotteur jusqu'aux éventaires métamorphosés en longues planches roulant sur deux vieilles roues. La boutique a reçu dans ses flancs dispendieux et la marchande de marée, et le revendeur, et le débitant d'issues, et les fruitiers, et les travailleurs en vieux, et les bouquinistes, et le monde entier des petits commerces. Le marronniste, lui-même, s'est logé chez les marchands de vin. À peine voit-on de loin en loin une écaillère qui reste sur sa chaise, les mains sous ses jupes, à côté de son tas de coquilles. L'épicier a supprimé le marchand d'encre, le marchand de mort aux rats, le marchand de briquets, d'amadou, de pierre à fusil. Bientôt un marchand de coco sera comme un problème insoluble quand on verra sa portraiture originale, ses sonnettes, ses belles timbales d'argent, le hanap sans pied de nos ancêtres, ces lis de l'orfèvrerie, l'orgueil des bourgeois, et son château d'eau pomponné, cramoisi de soieries, à panaches, dont plusieurs étaient en argent.

Les charlatans, ces héros de la place publique, font aujourd'hui leurs exercices dans la quatrième page des journaux à raison de cent mille

1. « De jour ».

francs par an ; ils ont des hôtels bâtis par le gaïac, des terres produites par des racines sudorifiques ; et, de drôles, de pittoresques, ils sont devenus ignobles. Le charlatan, bravant les rires, donnant de sa personne, face à face avec le public, ne manquait pas de courage, tandis que le charlatan caché dans un entresol est plus infâme que sa drogue.

Savez-vous quel est le prix de cette transformation ? Savez-vous ce que coûtent les cent mille boutiques de Paris, dont plusieurs coûtent cent mille écus d'ornementation ?

Vous payez cinquante centimes les cerises, les groseilles, les petits fruits, qui jadis valaient deux liards !

Vous payez deux francs les fraises qui valaient cinq sous et trente sous le raisin qui se payait dix sous !

Vous payez quatre à cinq francs le poisson, le poulet, qui valaient trente sous !

Vous payez deux fois plus cher qu'autrefois le charbon, qui a triplé de prix !

Votre cuisinière, dont le livret à la caisse d'épargne offre un total supérieur à celui des économies de votre femme, s'habille aussi bien que sa maîtresse quand elle a congé !

L'appartement qui se louait douze cents francs en 1800 se loue six mille francs aujourd'hui.

La vie, qui jadis se défrayait à mille écus, n'est pas aujourd'hui si abondante à dix-huit mille francs !

La pièce de cent sous est devenue beaucoup moins que ce qu'était jadis le petit écu !

Mais aussi, vous avez des cochers de fiacre en livrée qui lisent, en vous attendant, un journal écrit, sans doute, exprès pour eux.

Mais aussi l'État a eu le crédit d'emprunter le capital de quatre fois plus de rentes que n'en devait la France sous Napoléon.

Enfin, vous avez l'agrément de voir sur une enseigne de charcutier : « Un tel, *élaive* de M. Véro », ce qui atteste le progrès des lumières.

La Débauche n'a plus son infâme horreur, elle a sa porte cochère, son numéro rouge feu qui brille sur une vitre noire. Elle a des salons où l'on choisit comme au restaurant, sur la carte, entre Sémiramis, Dorine, l'Espagne, l'Angleterre, le pays de Caux, la Brie, l'Italie ou la Nigritie. La police a soufflé sur tous les romans en deux chapitres et en plein vent.

On peut se demander, sans insulter Son Altesse impériale l'Économie politique, si la grandeur d'une nation est attachée à ce qu'une livre de saucisses vous soit livrée sur du marbre de Carrare sculpté, à ce que le gras-double soit mieux logé que ceux qui en vivent !

Nos fausses splendeurs parisiennes ont produit les misères de la province ou celle des faubourgs.

Les victimes sont à Lyon et s'appellent des canuts. Toute industrie a ses canuts.

On a surexcité les besoins de toutes les classes, que la vanité dévore. Le QUO NON ASCENDAM de Fouquet est la devise des écureuils français, à quelque bâton de l'échelle sociale qu'ils fassent leurs exercices. Le politique doit se demander, avec non moins d'effroi que le moraliste, où se trouve la rente de tant de besoins. Quand on aperçoit la *dette flottante* du Trésor, et qu'on s'initie à la *dette flottante* de chaque famille qui s'est modelée sur l'État, on est épouvanté de voir qu'une moitié de la France est à *découvert* devant l'autre. Quand les comptes se régleront, les débiteurs avaleront les créanciers.

Telle sera la fin probable du règne dit de l'Industrie. Le système actuel, qui n'a placé qu'en viager, en agrandissant le problème, ne fait qu'agrandir le combat. La haute bourgeoisie offrira plus de têtes à couper que la noblesse ; et si elle a des fusils, elle aura pour adversaires ceux qui les fabriquent. Tout le monde aide à creuser le fossé, sans doute pour que tout le monde y tienne.

Une prédiction

À PARIS, rien ne se passe comme ailleurs. Ainsi les morts ont un temps de répit qui ressemble comme deux gouttes d'*os*, dirait Odry, à l'existence. On visite un mort pendant trois jours ; il est l'objet de *réclames* faites par sa famille ; enfin, il est tant de choses entre le jour du décès et le jour du convoi, qu'à proprement parler, la véritable expression pour lui devrait être : « ex-vivant ». On ne passe mort que le lendemain de l'inhumation.

Il y a des privilèges. Certains morts reviennent à la quatrième page des journaux – les embaumés-Gannal qui sont cités à propos des morts frais à embaumer.

De profonds observateurs, abonnés à la *Gazette des tribunaux*, pensent qu'à Paris presque tous les morts sont hâtifs. Paris est surtout la ville des primeurs, soit dit sans calembour.

Cette opinion, accréditée par les travaux des princes de la science (en langue de cour d'assises, ce logogriphe signifie tout bonnement *chimistes*), nous a dicté cet apologue d'outre-tombe :

UN FAIT-TOMBOUCTOU
DU *JOURNAL DES DÉBATS NÈGRES*

Dans six mille ans d'ici, Paris étant devenu ce qu'est Palmyre ou Babylone, Ecbatane ou Thèbes, ou autres civilisations décédées, ce pays si célèbre n'est plus exploité que par des chercheurs de cubes en grès dont la vingt-troisième époque du globe éprouve le besoin pour sucrer son bol alimentaire. Tout est changé, comprenez-vous ? Une des substances les plus précieuses de ce temps cataclytique est l'arsenic, qui se met dans des drageoirs, comme les épices au défunt Moyen Âge. Un pauvre homme, poursuivi par ses créanciers, et qui s'est ruiné en recherches archéologiques sur les *Gaules napoléoniennes*, s'est réfugié dans un désert sur un monticule, à l'est de la Seine.

« En y creusant les fondements de sa cabane, dit le *Journal des débats* de Tombouctou (le centre de la civilisation est alors au milieu de l'Afrique, dont le climat est enchanteur), il y a trouvé une mine d'arsenic dont on lui offre un milliard. Il paraît que ce lieu servait de sépulture aux riches Parisiens. On sait, d'après les archives judiciaires du XIXe siècle, que la plupart des *gens de biens* mouraient empoisonnés. »

Table

Table

Par Honoré de Balzac

LES PARISIENS COMME ILS SONT

Mise en page par Meta-systems
59100 Roubaix

N° d'édition : L.01EHPN000662.N001
Dépôt légal : novembre 2014
Imprimé en Espagne par Novoprint (Barcelone)